KB110147

옹이와 라넌큘러스

옹이와 라넌큘러스

발행일	2020년 7월 10일		
지은이	신명숙		
펴낸이	손형국		
펴낸곳	(주)북랩		
편집인	선일영	편집	강대건, 윤성아, 최예은, 최승헌, 이예지
디자인	이현수, 김민하, 한수희, 김윤주, 허지혜	제작	박기성, 황동현, 구성우, 권태련
마케팅	김회란, 박진관, 장은별		
출판등록	2004. 12. 1(제2012-000051호)		
주소	서울시 금천구 가산디지털 1로 168, 우림라이온스밸리 B동 B113, 114호		
홈페이지	www.book.co.kr		
전화번호	(02)2026-5777	팩스	(02)2026-5747

ISBN   979-11-6539-308-3 03810 (종이책)   979-11-6539-309-0 05810 (전자책)

이 도서의 국립중앙도서관 출판예정도서목록(CIP)은 서지정보유통지원시스템 홈페이지(http://seoji.nl.go.kr)와 국가자료공동목록시스템(http://www.nl.go.kr/kolisnet)에서 이용하실 수 있습니다.

(주)북랩 성공출판의 파트너

북랩 홈페이지와 패밀리 사이트에서 다양한 출판 솔루션을 만나 보세요!

홈페이지 book.co.kr   •   **블로그** blog.naver.com/essaybook   •   **출판문의** book@book.co.kr

옹이와
라넌큘러스

신명숙 시집

북랩 book Lab

이 책은 성남시 문화예술 발전기금을 일부 지원받아 간행되었습니다.

살아가면서 작은 몸짓들에 움찔할 때가 더러 있었습니다. 내가 날마다 헛으로 버리고 마는 그 자유로운 언어들은 우리가 태어나기도 훨씬 이전부터 자연들이 먼저 사용하고 있었을 것입니다.

그 자연들이 밖으로 표출하는 언어들을 들어보고 싶었습니다. 더구나 육 개월이 되도록 제한된 외출이 일상이 되어가는 즈음이어서 각별하게 다가 옵니다.

어느 날 문득, 마주치는 작고도 소소한 기적들을 바라보면서 레고 같은 시를 쌓고 싶었습니다.

어느 위치에 끼어 넣어도 틀이 맞고, 무심코 읽어 보다 그럴 수 있겠다는 한 점의 긍정으로 고개가 끄덕여지는, 아이들이 길을 가다가 개미를 보고도 한참을 대화하고 놀다 가는 그런, 채워지는 느낌이라면 좋겠고, 환한 낮이지만 달을 생각하는 그 마음이면 더욱 좋겠습니다.

2020년 7월
신명숙

목차

제　　　　　부

크
게
만

보
이
던

존
재

하루를 긁으며

오전 열 시
꽁초들이 모여 수런거리는
후미진 골목으로 손수레가 들어간다
밤을 새우며 비워낸 술병들이 박스에 꽂히고 그 빈
병들을 굵은 팔뚝의 남자가 싸잡아 트럭에 싣는다

황소의 힘을 훔치려는 사람들로 곱창골목은 간이역을 이루고
방앗간의 참새들이 된 주점에 앉아 기다랗게 말린 곱창을
위 속으로
구겨 넣는 깊은 밤이 되어서야 하루가 살아난다

화기 오른 입과 입들이 말과 말들이 부딪치는 골목에서
관절 마디마다 황소 힘이 가득 고이고 심장은 뛰어도
술을 마셔도 골목의 하루가 취하지를 않는다
긴장은 마셔도 취하는 것이 아닌가 보다

기억하고 싶은 것보다 잊고 싶은 게 많은 하루를
곱씹고 긁어대며 철판 위에서는 곱창도 제 속을
달래며 익어가고, 골목도 양념처럼 엉켜 붙은 채
철판을 긁으며 하루가 익어간다

옹이와 라넌큘러스

목각 멍에

장롱 위에는 나무 목각이 살고 있어요
밤이 되면 사다리를 놓고 내려와
문을 열고 거실로 나갑니다
등에는 굵게 자라버린 혹을 달고
방과 거실로, 도랑을 치고 거름을 나르다 새참
때가 되니 마파람 지나는 부뚜막에 앉아 미숫가루를 마십
니다

부엌에서 자란 풀뿌리들은 울안으로 기울고,
등으로는 다 덮을 수도 없는
뭉툭한 날들이 팔딱거리는 젊은 기운 앞에
맥없이 스러지기도 일쑤였지요
늘었다, 줄었다 하는 고무줄 같은 이랑을 목각이
도랑을 치며 갈고 있어요 시나브로 고랑들이
부풀어만 가고 머릿수도 따라 늘어납니다
굽은 목각이 절름거리며 길을 나서면
풀뿌리들이 낱짐을 지고 그 길을 따라 나서지요
콜록거리던 목각도 몸을 멈추고,
고개를 주억거리다 사다리를 오릅니다

크게만 보이던 존재

딸이 딸 넷을 연이어 낳았고 그때마다 노인은 면이 없는 죄인이 되었다

딸들이 자꾸 태어나는 것이 당신의 죄라 자신을 할퀴며 갇힌 사상을 긁어댔다

'손맛'을 탑재한 비법으로 딸린 식솔들을 못 먹여 안달하고 여태까지

자신이 체험한 사상의 피해자이면서도 수호자이기를 자처했다

가시나들을 자신의 울타리 방패로 활용하는 것을 취미로 삼기도 했다

'가시나에 반기를 든 것도 내 반발의식이 발동해서이고 노인에게 투항하며 불음을 내는 것이

그에게 맞서는 전사의 무기라 생각했다

서로의 각이 둥글게 닳아갈 즈음 고추가 굴러 들어왔다

노파의 사기도 하늘에 가 닿았고 청은 담을 넘어 대나무 숲에 묻히곤 했다

방 안에는 고추들이 뒹굴고 채이면서 노파의 바지 속에도 야릇한 주머니가 자랐다

몸통이 얼어터지게 바깥을 구르다 들어오는 고추를 노인은 담요처럼 감싸 절은 바짓가랑이로

찔러 넣었다

옹이와 라넌큘러스

어디서도 본 적 없는 노파의 반쪽을 소환하는 행위라고 생
각하던 그때도
가랑이서 나오는 주름진 손에는 늘 헝겊 쪼가리가 들려 있
었다
그 온기가 너무도 역겨워 구역질을 해댔지만 고추들은 진
액처럼 수혈했다

피도 마르지 않은 구근들이 퇴색되어 가며 청개구리 한 마
리가 내 안으로 들어왔다
그로부터 연루된 피의자, 그 사실을 기억하고 있다
불쑥불쑥 튀어나오는 사거리의 자동차처럼
도저히 오르지 못할 것 같던 뒷산이 노파의 젖무덤이 되어
크게만 보였던 것들이 사라진 후에야 이 갈리도록
온기 서린 손수건 촉이 그리워 지는 순간이 있다
드러낼 자신의 서사는 없어도 자아가 온통 헌신이 되어버
린 존재

5월

출렁거리며 짙어가는 그리움처럼
낮이지만 사방은 어둑신하다

어둠을 잡아 커튼으로 내린
졸고 있는 대낮

팔십 고개를 넘어온 할머니가
천변을 걷고 있다

양팔을 휘 젓고 지나가는 젊은
회오리바람에 가던 길을 멈춘다

한 발짝의 걸음을 옮기는 사이
오월이 가고 있다

파뿌리 광주리를 머리에 이고
평생을 바라본 그림자를 안고

양손에 지팡이를 번갈아 쥐면서
느린 걸음을 빠르게 걷는다

한 발짝 떼는 걸음걸음이 새털이 된다
멈춰선 자리에 오월은 없다

옹이와 라넌큘러스

내비게이션

뒤로도, 앞으로도 더는 나갈 수 없는 주위로
샌드위치 된 차량들이
똬리를 틀고 코를 맞댄 채 지쳐 있다
서른두 해 동안
거르지 않고 치러온 이주 길
해가 바뀌어가면서 코맹맹이
그녀가 내 곁을 동행해준다
시작점에서는 간질거린 목소리가
제 소임을 잊고
꿀 먹은 벙어리가 된 채
내비는 내비의 노예가 되어버렸다
돌고 도는 길로 따라오라던
코맹맹이 소리로 귀먹을 즈음
머피의 법칙처럼 바뀌는 도로에 쫙, 눌러 붙었다
마음은 함석대문을 들어섰는데
몸은 길에서 구르고 있다

자전거

가리듯이 덮고 있는 싸라기눈 위로
자전거 한 대가 지나갔다
지나간 자국을 덮으며
나도 밟고 지나가는 자전거가 된다

서로의 자국을 밟으며 지나가는 사람들이다
지나간 상처는 살아 나와도
뒤나 앞에서 지워주는 사람이 된다

우리는 서로 간에 밟히는 사람이 되고
밟고서 지나가는 인연들이다

지난한 자국들을 찾아가는 사람들이다
모두는 넘어지지 않는 바퀴를 돌리는 하나가 되고
바람을 조각내어 맥을 잡는 사람들이다

웅이와 라넌큘러스

장미

길을 걷다 벌어진 꽃송이에 홀렸다
코를 대고 킁킁거린다
치마폭에 감추어놓은 보석들을
훔쳐 달아나는 벌처럼
긴 들숨으로 향을 훔쳐낸다

고만고만한 얼굴들이 이마를 맞대고
제 분수를 감당하지 못하고 몸으로 분사하다
농염에 달려든 날벌레들이
안에서 허우적대다 물먹은 채로
장미가 되었다 내 몸에도 가시가 나올 것 같아
다시는 돌아보지 않겠다
시드는 것들은 죄다 통증이다 꽃이 되려고 마음이 필 때
솟구치는 분수의 비말을 기다린다
핏빛 서슬이 가시에 찔려 통째로 새고 있다

벽

20층 문 앞에 서 있다
열쇠 번호를 누르다 꺼져가는 맥박소리
문 앞에서 낯섦의 기류와
때가 잔뜩 묻은 익숙함의 공간들이 충돌한다
안과 밖 벽의 거리가
베를린 장벽만큼 높다
매일 열고 닫던 문도
내 앞을 가로 막을 때가 있다
멀쩡하던 정문이 팔을 벌리고 구조물이 내려와
문을 막으니 멀대처럼 서 있다

수직으로 와 막는 낯선 공간들이
어제와는 다른 단절이
내 집이어도 내 안일 수 없다
나와 너도 파란불이 꺼지니 벽이 된다
어둠을 바라보는 동안,
나를 차단시켰던 벽이 외부로부터
나를 연결시키는 또 다른 낯선 거리가
만지지도 보지도 않은 벽 안의 아우성이
문 열자 와락 안긴다

애연가의 비애

싸함이 콧김을 가르는 새벽길
찬 서리로 채워져 자고 있는데

몸을 칠 듯이 옆을 지나며 사내가 내뿜는
담배 연기가 얼굴로 덮치고 폐부를 훑고 지난다

깨어나자 배고픈 도시는 서로를 시비하며
걸어오는 딴지처럼 하얀 머리
긴 꼬리로 산발한 맹독을 퍼 나른다
삶아낸 곤죽으로 까치집을 지은
젊은 그 등판이 아픈가 보다
독침을 맞았는지 늘어져 있다

눈총들을 맞고 조여 드는 자리를 찾아
자꾸자꾸만 후미진 은둔자로
잿빛에 갇히어
굳은 어깨로 삼오 모여 서성이는 사람들로
정류장에도
상가에도
아슬아슬한 모서리를 밟고 서 있다
흘기는 가자미 눈 화살을 맞으면서도
손가락 사이의 애무를 멈추지 못한다

버려도 되는 것들

기억을 묶어 두려고 사진을 찍지만
시간과 함께 기억도 사라진다
시시콜콜 일상을 담고 과거를 잡아서 저장함이 터지도록
메어두었다
언제든 소환해 사진에 담겨 있는 일상들을 되감기해 풀어
헤치고
심장처럼 멈추지 않는 요소마다 감동을 흡입해본다
사방에서 담아놓은 것이야 시들시들 하다가도
쌓이기만 하는 흔적들에 지쳐 기억보다 차라리 잊어주고픈
게 많은
잊는 것이 소중할 때가 더러 있기에
사진을 모두 없애버리면 기억도 전부 뒤집어질까

오직 눈앞에 시점만이 추억을 만들어주는 것은 아니기에
버려야 하는 진실들이 제 몫을 다 하겠다는 다짐을 듣다가
설득력 있는 추억들만을 살게 해준다
외장에 저장해둔 기억들이 지배해버린 가벼운 두뇌는
빛과 선들의 실제를 옮겨놓은 증표라서
추억의 조리개를 열어 그 살들을 확대해본다

옹이와 라넌큘러스

조기를 말리며

바람이 새는 망 위에 일렬횡대로 조기를 뉘어
얼굴에 바람을 맞힌다 꾸덕꾸덕 볕을 때린다
맨 처음 찾아온 손님은 벌이다
자근자근 조기 등을 밟으며 간을 보고 다닌다
뿔을 세우고 조기 등을 파고든다
온몸을 꽃가루로 뒤집어써야 할 벌은
꽃가루의 갈퀴질을 잊은 지 오래다

조기 등에 벌은 빨대를 꽂았다
예측은 빗나가려고 곁에 바짝 붙어 다닌다

길들이지 않은 먹성이 조기 등을 파는
엽기의 기술로 몸통을 간보는 중이다

생선을 말리다가 죽어서도 가는 곳
조기의 눈이 바다를 보고 있다
푸르게 바닷물이 든 조기가
눈을 흘기고 있다

옹이

산길을 걸으면서도 그는 꽃을 본다
꽃을 보면서는 나무를 생각한다
몸통을 지키려 산화해버린 그루터기에서
그렁그렁 찬 가지를 버리고도 꽃이 되려고
죽은 듯 살아서 딱지를 떼어내는 나무들

그도 눈물을 껴안으며 옹이가 되고 싶었다
눈부시게 퍼 올린 단단한 응어리로
손에도, 발에도 생의 굳은살을 키웠다

무엇으로도 파낼 수 없는 상처 때문에
온몸으로 부딪쳐 깔아 눕는다

두 눈을 뜨고 바라보고 있는 꽃
그가 손에서 돌리는 염주 알에도 그루터기는 자라고 있다
언젠가는 분리되어야 하는 삶 앞에서도 생옹이들을 키우며
옹이가 되려고 꽃을 바라본다

옹이와 라넌큘러스

빈 쌀통

바깥에서는 안의 속내를 모르지
곳간이 텅 비어서 바닥을 드러내도
별일 아닌 것처럼 한량처럼 살아서
쌀이 살이 되고 피가 되는 것도 까마득히 잊고 살았지
그가 그녀들이 넘었다는 보릿고개의 신음을 아직도 넘어보
지 않아서

흑백 모니터 앞에 모여 앉았던 격세는 잊었다
쌀이 살만큼 피만큼 중하지도 않은 이제는
쌀통이 드러낸 바닥 같은 것은 바깥에서는 무디어진 일상
엎드려 긁고 낮은 바닥부터 채워나가야만 하는 것이
쌀통을 곱게 닦는 이유다

고택에서 길을 묻다

인적이 끊긴 너른 마당의 흙도 온몸으로 외로움을 견디다 못해

여기저기 터지며 솟아올랐다

넓게 원근을 당기어 모아지는 그곳에는

누군가 뒷짐을 지고 대문에서 마당으로 들어서는 이가 있다

이 방 저 방에서 창살 격자무늬가 박힌 무거운 문을 열고

식솔들이 우르르 몰려나와 머리를 조아리며 그를 맞는다

고운 결이 살아 있는 창살마다 굵은 자물통을 물고 있다

굳게 닫은 자물통 입 하나만을 연다면 만석 되는 곡식들이 쏟아질 태세로

백육십 년 동안을 홀연히 지키고 있는 굵은 심지를 안고

육십 칸이나 되는 방들이 저마다 제멋대로의 품위를 풍기며 도도하게 지키고 있다

대문 앞에 놓인 녹슬은 고철덩어리 저울과 가늠해볼 수 없는 추의 무게가 고택만큼이나 육중하게 누르고 있다

누군가는 고택에 머물며 옛 정취를 묻혀 간다 하지만, 누구는 손이 부르터 물렀을 애환이 대청마루로 번진다

식솔들을 거두며 대가의 맥을 소리 없는 굴레처럼 껴안을 그런 무거운 삶을 누구도 원하지는 않았을 터

운명은 가지고 태어나는 것이 아닌 피할 수 없는 가장 끝까지 가 본 후에야 받아들임을 택하는 것이겠지

그 앞에서 선택된 길을 가는 이들은 너무도 고귀해서

옹이와 라넌큘러스

그의 옷깃도 만질 수 없어서

쉽게도 포기했던 날들이 고택에서 꾸역꾸역 살아나는 것은

무슨 이유인가?

무인도에 떨어지면

우선, 살아 있다는 것에 고마워할 것이다
살기 위해서
바다로 들어가 고기를 잡아야 할 것이다
그리고
견딜 수 없는 극도의 고독한 시간을 혼자서 견딜 것이다
늘 시간에 쫓기어 살았던 날들을 돌아보면서
사방에서 달려드는 모래와 야자수와 암벽만이 보이는 섬에
서는
살 수 없다고 뭍으로 나가려면 어떻게든 살아 견딜 것이다
뼛속을 파고드는 고독을 씹어서라도 삼키면서
젖먹던 힘의 본능으로 괴력을 발휘해 뗏목을 만들어야 한다
지금까지 보아왔던 역경을 탈출하는 영화들의 장면을 수천
번 곱씹으며
살아서 나가는 뗏목을 만들어 무인도에 내려준 바람을 잡
아타고
그 바람이 뗏목을 밀어줄 것이란 막연한 긍정으로
암벽의 돌을 파내 원시의 기억으로 나무를 잘라야 할 것이다
절망에도 피는 꽃을 찾아야 할 것이다
무인도에 떨어졌음에도 그럼에도 불구하고 피는 꽃이 있다면
진창을 뚫고 나와 피는 꽃이다

옹이와 라넌큘러스

절름 걸음

검은 고래가 입에 담아온 고기들을 토해내고 있다
쏟아놓은 고기들이 살아서 인파 속을 헤엄치며
빠르게 사라지는데 멈칫,
움직임이 굼뜬 그가 떼에 갇힌다
왼팔을 저을 때마다 몸이 쓰러질 듯이 기울고
휘청거리는 걸음이 앞으로 굽었다 펴지기를 거듭한다
파도를 가르며 따라온 한 마리 물고기가
옆을 흘깃하다 그가 휩쓸리는 방향 따라 달린다
갈림길 수초에서 주춤하는 사이
그가 거침없이 방향을 틀었다
휘어진 다리로 수초 사이를 지나 계단을 올라 출구로 나가
는 물고기
통무 다리로도 승강기를 타는 이들은
덜미가 따끔거려 자꾸만 돌아본다
어긋나는 예견들이 어디 이것들뿐인가
예측은 미끄러지고
온전한 몸으로도 나날이
절름 걸음으로 사는 것임을

스투파의 눈

공동묘지가 마주 보이는 언덕에 파란 지붕이 있었다
토방에 서면 누워 있는 큰 종들이 보였고
그 길을 걷는 아이들은 멍석을 말아 뒤따라 붙는 영들과
삼신할미가 버렸다는 무덤을 안고 걸어야 했다
새가슴이던 그 애 심장이
지금도 뛰는 것은 그때 굵은 심지가 박혀서이다

아랫집 살구나무와 옆집 앵두나무는 새끼도 주렁주렁 낳
았는데
아이 집 장독 항아리에는 빨갛게 고추장만 익었다
장속에 삐비를 꽂아놓으면 그것들이 웃었다
아이가 색을 보는 눈도 그때 가졌다

고샅길 탱자나무에는 애기호박이 달렸다
가시에 찔린 호박은 진액을 온몸에 흘리며 울었다
탱자나무 사이로 손을 넣어 앵두를 따다가 찔린 것도
아이는 제 것이 아닌 것을 취해 오는 건 다 아프다는 걸 알
았다
희미한 남폿불 아래로는 얼굴들을 맞댔다
틈이 자라고 틈 사이가 벌어지고 밀어도 닫히지 않을 때가
있다

옹이와 라넌큘러스

송송 뚫린 바람만 지나가는 터에서
아둔한 사람들이 볼 수 있는
스투파*의 눈을 가진 이들이 거기에 살았다

---

* 스투파: 석가모니의 사리나 유골을 모시거나 특별한 영지(靈地)를 나타내기 위
해 만든 탑.

이명

그는 조립된 인간이었다
얼굴이 빠지고 손도 빠져나가 목은 뒤틀린 채로
덜덜거리는 몸뚱이를 싸안고 병원으로 달려가
수납을 마치고 어지럼증 센터까지는 잘 갔다

뇌신경 센터 앞에서 주춤, 뒷걸음치다가
다시 또 센터에서는 의자에 주저앉았다
스카프를 두른 그녀도 그 문 앞을 지나다
그가 앉아버린 의자 앞으로 와 앉는다
머리를 받치고 있는 그녀의 기둥인 어깨가 한쪽으로 기울
어 있다
그녀의 길게 들어가는 가는 들숨이 그의 가슴으로 박힌다

글귀가 뿔을 달고 불을 물어
용 화구에 덴 것처럼 서로는 속이 쓰리다

그도 호기(浩氣) 한 번 참을 수 없는 작은 생을 털면서
얼굴과 목을 망치로 두드리니 사람이 재조립된다

옹이와 라넌큘러스

제 2 부

오
후
여
섯
시
반

선

밤이 새도록 애타게 부르는 새벽을 때리며
이슬도 마르지 않은 산밭으로 나가는
콜록거리는 경운기 기침 소리
그가 싸리문을 나간다
다람쥐가 입에 물어 나르기 좋을 강낭콩 대들이 서 있는
언덕배기 누런 밭에서
마늘이 호미 끝에 딸려 나와 음표로 밭고랑에 누웠다
그가 동그란 구멍들을 빠져나온 음표들을 한곳으로 모으고
구멍에서 살던 것들이 밖으로 나오니 온몸의 털을 깎인 양
처럼
부끄러워 얼굴만 붉히다 사선으로 누었다
마늘들을 밭고랑에 펴 놓는 행위에도 절제된 선을 그어 대
는 그가
숱하게 정리하지 못하고 무한 반복으로 살고 있는 그녀가
탐을 내 훔쳐보고 있다
초로의 농부가 쓰고 있는 밭 언저리 일기에는
물욕의 예, 사물에 예의가 한밭 가득 적혀 있다
도열해 서 있는 마늘들도 제자리 외에는 넘보지 않는다
옥수수 대가 서 있는 도랑에서도
콩이 움트는 이랑에서도 서로 간에 지켜야 하는 선이 있다
나뭇잎 하나에도 햇살이 방해되지 않도록 비켜주는 선을
그녀도 오래 잊고 살았다

중심

만질 수도, 보이지도 않는 점 하나가
내 안으로 들어와 자라고
그 점은 어느새 기둥만큼 자라 그 기둥에 기대며 살았지
때로는 차가운 빛이 싫어 기둥 뒤로 숨었고
기둥만을 키우며 살기에는 밖은 매우 춥기도 했어

중심을 기대며 살기에는 가장자리에 머물었던
시간이 많았고 밖으로 돌기만 하고 말았어
오래된 기둥이 무너지고 난 뒤에야 모두는
누워 버린 기둥을 찾아 떠나곤 했지
어느 거대한 유적지로
우주의 중심 카일라스로
아니었지
그곳에는 흙과 바람만이 나부끼고 있었어
수미산도 가장자리 밖으로만 돌아야 했지
걸어야 하는 길은 바로 그 자리였어

앙금

몸통을 다 파먹은 우렁이 속에는 과거들이 살고 있지
분가루를 뒤집어 쓴 냄새들이 꿈틀거리며
구멍 난 뼈, 사이를 드나들었어

지지대에 걸린 모니터 회벽 그림들 속에는 톱니 달린 악취
들이
언덕을 뭉그적거리며 틈새에 끼어 살았지
느닷없는 날,

쇠고리가 언덕 사이를 오가며 뿌리를 파내고 있었지
앙다문 입에서 돌들이 뒤집어지고 말들이 섞이며
묵었던 앙금들의 뿌리마저 따라 나왔지
지금까지 입으로 한 일들을 꼬치꼬치 캐물었을 때는

그만, 한 입의 오물을 쏟고 말았어
냄새를 깔아 눕고 말았지
기음이 한참을 울고 간 후에
사이사이 관계로 낀 채 살다가
뿌리마저 파내고 나니 새살이 붙고 있었지

옹이와 라넌큘러스

오후 여섯 시 반

수런거리던 물성들이 한곳으로 모아지는 곳에서
돌아가는 집에는 매가 기다리고 있는 시간
골목을 누비며 뛰놀다 발에는 철근을 매달고 아이의 발걸
음으로
술래 되어 눈을 가리고 걸어가는 반동을 잡아두고 싶도록
가라앉은 무게로 떨어지는 순간,
둥그런 하루가 마음을 휘젓고 돌아가는 벼랑에서
한 방울의 증류주를 얻기 위해 지피는 장작처럼
벼들이 잘린 논이랑에 낱알이 싹트는 기다림으로
동공을 열고 순례길로 떠나보는 지금은,

기억들이 사라져 섞어 부르는 노모의 자식 이름처럼
괸 팔의 힘을 풀어보는 시간이 되어 보는 그런 침잠들이
아직은 환한 바깥이 빠지지 않은 어둠을 묶으며
그늘은 이미, 하루의 몫을 파고들어 모든 걸 지워가고
살아가는 놀라움을 지금은 한 번은 곱씹고,
미워하던 사랑처럼 하루의 얼룩을 지우고,
길게 번지는 오후 여섯 시 반과 합일하며
드러눕는 둥그런 동산을 바라봐야지

허상을 대면하는 동안은

속초항을 지나다 바다에 점점이 박힌 배들을 보았다
하얀 부표를 달고 파도를 밀고 있는 그가 허우적데고 있어
뚫려 있는 바다에 떠 있는 너는 누군가
그럴리 없는 그의 얼굴에 발을 멈추고 두 시간째,

바람이 밀고 있는 파도를 자르고 제자리를 맴돌고 있는 생명

저토록 힘을 다해 버티는 물속의 사내
그를 만나야 한다
파도에 갇히어 본 이는 안다
그 꺼져가는 시간을

까만 머리와 물을 차내는 반복만이 검푸른 물 위로 드러내
방파제까지만 온다면 유속이 그의 발아래로 조아려준다면
물길을 밟고 걸어오기를 나는 기다리며,
눈부신 물테를 보고 있다 그가 물에 길을 내도록 나도 바
다를 밀어본다
물어야 할 말이 있다 파도에 휩쓸린 고독을 묻고,
그 깊은 바다를 어찌하여 헤엄쳐 왔느냐 물어야 한다

할딱거리며 그가 반경으로 들어섰을 때까지도 누구는 바위
라 하지만 나는 그가 "씻어야 할 일들이 많은 사내"라 말했다

　　　　　　　　　　　　　　　옹이와 라넌큘러스

세 시간이 되도록 보트를 기다리다 생명을 기다리다, 그를 기다리다가
　"저기 헤엄치는 사람이 사람이에요, 바위예요?"
　그가 "돌이에요?"
　묻고 싶은 말이 있다 바다에서 헤엄치며 나를 보았는지요? 지켜보는 나를 보았다고요
　바다는 보았지만 바다 밑에서 위를 보지 못한 착시의 가변이

　감쪽같이 속았다

고드름

얼마나 자신을 낮추었을까? 낮추기 위해
물은 또, 몇 번이나 몸을 비틀었을까?
맑은 소리를 안으로 가두어 무늬를 넣고,
굳어지기 위해 물은 또, 몇 날을 맨몸으로
속울음을 삭이며 수직으로 몸을 세워 견디었을,

물구나무서기 자세로 땅을 보며 머리로 쏠리는 솟구침을
함몰시키어 비로소 얼음이 될 때까지 살을 에여

이제는 언 생을 마치고 물은 근육들을 이완시키어
얼음 속에 들어 있는 말들을 거침없이 풀어놓을 게다
제 살을 깎는 극도의 정점까지 닿아본 후에야
얼음을 낳았을 그 가벼움이 공중으로 떠올라
몸도, 마음도 응고시켰을 끝내, 단절해버리고야 만 증표들,
물에 빛과 찬 생각들이 잠겨 응고된 그 고요
입안에서 나오려는 말도 단절하면 고드름이 될까?
얼음에 입이 닿기라도 한다면 투명한 말들이 녹아내릴까 봐
거꾸로 뿌리를 내리고 보는 얼음이 세상을 바라보며
그는 무어라 얼음의 말들을 쏟아 놓을까

가지에 매달린 고드름을 바람이 건드렸다
사방으로 흩어진 얼음들이 딱딱하게 각을 세운다

떼

때 묻지 않은 아침햇살이 물 위에 비추고
때 묻지 않은 천 물에 왜가리가 발을 담고 서 있다
주변을 에워싸고 떼 져 있는 신선들
빈터에서 건풀을 쪼아대는 비둘기들
무리를 이룬 참새들이 조반을 찾아 날아간다
떼로 덩어리를 이루는 것은 다 이유가 있어
떼 지어 무리로 날아가는 곳에는 뜻이 있어서다

미지근한 물 아래에 몰려 있는 송사리 새끼들이
겹겹이 에워싸며 돌고 있다
떼로 몰려드는 무리 앞에서는 흩어지지 않는 것만이 산다
는 것을
송사리들은 알고 있을 터,
때로는 흩어짐이 긴장된다는 걸 무리는 알까

인생도 때가 되어 몰려온다면 이왕이면
큰 덩어리로 오면 좋겠고, 그 떼가 방울을 달고
쩌렁쩌렁 울리며 걸어오면 더욱 좋겠다
신호등이 바뀌고 사람들이 떼로 몰려온다

쏘가리의 바깥

완주군 운주에 산 깊은 골짜기
옮겨놓은 도시처럼 소란한 두메에
돌 틈 사이를 배회하는 물고기 한 마리
온몸을 돌색으로 돌돌 말고 머리엔 뿔까지
눈알을 번뜩이며 쏘아보는 자세로 서 있다가
어지러운 거울 밑으로 숨어들었다

물속 외에는 보이지 않는 눈으로 바깥 정원이
그리운 물고기는 제 몸을 에워 싸오는
뜰망을 허교라 믿었다 누구도 그가 가고픈
물 밖에는 커다란 부리가 너를 한입에 넣을 수 있다는 말을,
　태어난 물속도 온몸의 털을 깎인 양처럼 부끄럽다고 말하
지 않았지
금어기를 보낸 움츠린 물고기가 아래서 위를 바라보다가
바깥만을 그리다가 쏘가리에 쏘였다
울어도 물 밖에는 가변할 수 없는 눈물이
병이 될 수 없다고 돌구멍으로 몸을 숨기고
쏘가리는 뿔을 세운다 살아가는 나날이 가시와 뿔인데,
마음 졸여가며 쏘는 일인데, 구멍을 나오는 너를 조르려 등을
타고서 적인 것처럼 너를 잡으려다가 적이 아님을

　　　　　　　　　　　　　옹이와 라넌큘러스

한여름 두 시 같은 사람

휴양림에도 오토캠프 야영장에도 들렀다
미련이 남아 미시령 옛길 고개 넘어 인제와 속초의 바람도
맞아본다
그래도 시원치 않아 다시 미시령 옛길로 내려가다가
차들이 도란도란 쉬고 있는 곳에 차를 댄다
사람들이 제 방식대로 숨어든 숲길을 따라 들어가다가
산사태가 쓸고 지나간 자리에 계곡들이 만들어진
자리에 잠시, 앉아 기다리는데 계곡 물소리가 풍덩댄다
누군가 돌을 옮기고 바람이 잦아든다
그 어디서도 맛본 적 없는 바람 맛이다
했는데, 숲을 때리는 냄새가 풍경을 덮친다
아니 와도 좋을 그들은 얼굴에 모두 가면을 쓰고 연극 중
이다
어디를 가나 꼭,
한여름의 두 시 같은 그런 사람은 있다

물이 하수구를 문다면

바닷물을 문 열기가
'강풍이'를 만나 물을 뱉는다
삽시간에 퍼 붓는 물 폭탄이
좁은 하수구 입으로 들어가려다 몸을 튼다
삼키지 못한 물들이 도로에서 중앙선을 넘고
양행으로 흩어지다 달려오는 차와 부딪고
물기둥을 세운다
부서진 물을 다 넘기지 못한 채 토할 때마다
물에 씻긴 참외 씨며 불은 국수 토막들이 쌓여 있다가
막아놓은 식도 뚜껑을 뚫으며 통로로 자꾸 뱉어낸다

몇 해 전
물 따라간 그녀가 돌아온다는 역류 소식 같은 건 없고
두루 돌던 열기가 토라져 물길을 낸다면
물길이 하수구를 물어뜯어 뒤집어지는 날도
살다가, 생의 바닥을 헤매는 날도 있겠다고

안팎의 텃밭

어디건 잘 나서는 이가 있다면
어디서건 선뜻 나서지 못하는 이도 있다
어디건 분위기 띄우는 그가 있다면
어디서건 분위기 망치는 그도 있다
외향을 가꾸고 다듬어 연기하고
본질을 외면으로 달관하려 드는 이가 있다면
내면만을 아끼는 이들도 있어서 그가 의외의 외향이라 말
하지만
아마도 그는 처음부터 외향이었는지 모른다

지킬과 하이드를 모두 가지고 있지만 유독 외향이기를 바
라고

그도 안팎을 저주하도록 싫어해도 뛰어넘지 못하는 면이
있어서
살아남을 수 없을 것 같아 주저앉기도 일쑤로
소심들이 안으로 만 껍딱지로 달라붙는다

어떤 자극이 덧칠해도 그의 텃밭은 기름지게 가꿀 줄을 아는
무엇에 매료돼도 자신을 세계의 구축으로 똘똘 뭉치며 밖
의 소리는 관심 두지 않는다
방외인이 되어, 시간을 생산하고 숱한 언어의 낭비보다는

대인의 편애와 타인의 외향인 두 경계를 드나들며 그 안의 아홉과

알곡 하나를 그대로 흠모하며 그의 빛깔을 만들어 가고 있다

옹이와 라넌큘러스

수리공

가방을 열고 보니
보조배터리, 유에스비, 카메라 메모리들
어느 수리공이 된 느낌이다

약한 생명은 떼로 뭉치고 군집을 이루며 살아간다는데
무리에서 떨어져 나와 먼 길을 떠나는 가방에는 서로를 연
결하는 많은
선들을 의지하며 챙긴다
서로의 관계를 이어주는 선들을 믿으며 버티는 생명도 무
지기어서
가느다란 선에서 한 파장이 그래프로 연결되어
호흡을 지켜주기도 하는데 홀연히 떠난다는 그 막연함들
이 관계된 선들을 믿고
의지하듯이 내 살아나지 않는 문장을 모두 수리할 수 있다면
언제든 가방을 열어 유에스비처럼 연결하여 충전할 수 있
으련만
흐르는 수리공이 되어 행간마다 문장도 수리해준다면

두 마리의 토끼

새벽 다섯 시 사십팔 분
바깥은 아직 어둠을 깔고 있다
밖으로 나오니 영하 15도 바람이
바늘 끝처럼 온몸을 찌른다
모르고 나왔던 콧김이 산 채로 객사하고
머리에는 고드름이 사선으로 매달린다
팔을 저으며 자가 발열기를 돌린다
새벽은 얼어도 할 일은 하는 이들이
서둘러 타고 나온 차들이 얼음 위를 달린다
차도, 걸음도, 얼어붙는 새벽
두 마리 토끼를 잡으러 가는 길
극장에 들었다
광고도 끝나고 불이 꺼진다
어둠마저 얼어 가슴이 뛴다
열아홉살로 팔딱거린다
심장마저 얼지 않으려면 나가야 한다
커피 든 그녀가 창 빗금 사이로 들어온다
모르던 사람이 좋다 몰랐던 그녀가 좋아진다
이제는 말이 들린다 귀가 터진다

옹이와 라넌큘러스

다랑이

계단을 밟고 산으로 올라온 물이
갈라진 논바닥 사이를
뱀처럼 머리를 들고 물을 가른다
갈라져 입을 벌린 논들이
수로에 깊숙이 빨대를 꽂고
가쁘게 물을 마신다
물에 취한 논들이 목을 잠긴 채로
몸을 씻고 있다 덥지 않겠다
하루가 그림자처럼 짧게 달아나는 봄날,
기계가 지나간 발자국마다
속살을 내놓고 다소곳이 누웠다
가두어진 물이 자꾸만 바람에 밀리며
논 귀퉁이로 모인다
물 주름들이 반질거린 논둑을 타고
뱀처럼 둑을 넘는다 연둣빛 옷으로
갈아입은 다랑이들이 말랑한 곡선을 그리며
줄을 서간다 논을 일구던 기계가 멈추고
물도
혼탁함을 걸러내는 시간이다

오동나무

나무는 알 것이다
여기까지 나와 함께한 시간들을
나무가 둥지를 틀 때
나도 그 곁에 동거했고
나무를 잊었을 때에도 나무는 크고 있었다
팔로 하늘을 느끼고 싶어
쑥쑥 자라며 몸통을 불리고
큼큼 냄새를 향해 가지를 흔들었을 것이다
꽃이 떠나고
잎이 떠나면 그 몸도 아팠을

보이지 않는 자리에서도
순간으로 크고 있는 누구에게도
존재감을 탓하지 않고
깊고도 넓은 잎으로
그들이 오가는 길목을
굵은 심지로 지키고 있었지
이제는 흔들어도 소리 내지 않는
처연한 자세로 내 어머니처럼
오동나무 혼자 서 있다

옹이와 라넌큘러스

소소한 야외

단 한 번은 가야 하는 그곳의 산머리를
덮고 있는 그 곁에서 잠들어 노숙처럼 일어나면
그곳이 내가 있는 자리

뻐꾹뻐꾹 울다가도 한 번은 뻐뻐꾹 우는 엇박자도 있고
균형이 깨어지는 것이 삶이지
두 배의 키 높이로 자란 옥수수 밭과
고대 유적지만큼이나 넓게 심어진 감자는 누가 다 캐누
새벽이슬 밭으로 나가는 노부의 천직이
활처럼 휘어진 다리의 건재함으로 밭고랑들을 넘어뜨렸지
어젯밤 내린 비로 한숨 돌린 아낙들이

노란 버스가 능선에서 내려오는 곳을 향해
등 짐을 지고 나온다
단 한 잎도 가리지 않게 짙은 잎들의 녹지율이
서로를 앞에 세우려 그만큼의 배려를 채우고 있다
숨아내야만 비로소 알갱이를 부풀릴 수 있는 양보와
나대지 않으려는 선들에서 몸을 비비고
농익은 오디 나무 옆을 지나는 할머니의
젖가슴이 당신의 삶처럼 흘러내린다

자 자! 도덕 시간

저녁 아홉 시가 넘도록 고기 굽는 사람들
게다가 나무에 걸린 영화 보는 사람들까지
주위를 톺아보니 어느 읍
장터를 통째로 옮겨왔다
화덕, 전기밥통, 수납장까지
한 끼니 해결을 위해서 꾸려나온 짐이
무에 그리 많은가 너무했다 싶다가도
휴가니까
영사기, 소파, 간이침대,
저렇게까지 할 필요 있을까 싶다가도
휴가니까
각자대로의 이기는 깊어진 밤까지 주변을 덮치고
'배려'라는 맛난 명사도 고기 굽는 화덕에 함께 구워 버렸다
한 치 곁에 누워 있는 아이를 보고도
손가락 사이에 끼워 문 꽁초놀이에 자정이 빠지고 있다

제 **3** 부

타
자
의

거
리

지렁이

언제부터 가고 있었니?
까끌까끌한 도로 위로 기어 나온 몸뚱이
그 보폭으로 그만큼씩만을 기고 있는
등판에는 실핏줄이 돋아나도록
젖 먹던 힘까지 쏟아야만 여기까지 올 수 있다는 사실을
나는 알고 있다
대낮, 아직은 뛰고 있는 심장이 당장 해에게 먹힐지도 모를
생 앞에서도 거침없이 기고 있는 저 오기는 어디서 나오는
건가
사방 어디서든 몸통으로 들이닥칠 죽음터들이 코앞인데도
지렁이가 사선을 넘고 있다
초간에 사라질지도 모를 생을 걸고 몸을 맡긴 느린 여유
군데군데 민들레 제비꽃들의 촉촉함이 오늘은 사라졌다

옹이와 라넌큘러스

그 죄는 얼마나 되기에

괭음을 내며 돌아가는 예초기 칼날 뒤로
후드득후드득 풀들이 스러진다
자갈을 물고 입을 함봉한 채 잡초들이 고꾸라진다
참고 있던 잔돌이 뱅그르르 구르다 길을 가는 그의 정강이
를 친다
살려달라고 더 자라고 싶다는 몸부림이 아닐까
손을 뒤집는 일만큼이나 풍경을 자주 바꾸는 것만이
꾸미는 것이라 믿는 이들은 칼날 앞에서
바들거리는 뿌리들의 아우성을 듣지 못한다

풀도 제 할 일이 있어서 세상에 나왔을 터인데
죄목이 있으니
거침없이 자랐다는 죄, 잡초라는 죄다

풀 허리가 잘려나가 쌓이는 광장에는
골수를 흘리는 진한 초 내음으로 덮어가고 있다
섭리를 자른다고 끝나는 일은 아니지
넘어진 풀 위로 올라온 벌레들이 민낯으로
몸을 숨기려 자꾸만 풀덤불을 헤친다

쓸모없을까

새색시 볼에 핀 연지버섯
소가 똥을 눈 쇠똥버섯
아무 짝에도 쓸모없어 보이는
광대버섯, 독버섯까지
쓰일 곳도 없는 버섯들이 무엇 하러 산으로 올라왔나
쓸모없기에 이토록 아름다운가
화사한 분칠로 아담을 꼬여볼 텐가
고깔 쓴 독버섯들이 따라 나온다
하기야,
살면서 독을 차지 않고는
광대처럼 쓴웃음을 웃지 않고는
길을 가다 소똥을 밟은 것처럼 우리, 살기도 하지
사는 건, 모두가 솔잎을 들추고 솟구치며 나오는 힘인데
날마다 연지로 새로운 날들을 치장하는 일인데
살며 독을 물지 않고는
숲이 연지의 독으로 번지고 있다
추억을 비비며 언덕마다 자라고 있다
광대처럼 자라던 꿈이 독을 품고 영글어가던 유년이
이 쓸모없는 것들을 먹고도 자라는 것은 꺾이지 않은 솟구침

옹이와 라넌큘러스

곡선이 직선에게

꼬리를 문 차량들이 곧게 뻗은 대로를 달리고 있어요

줄창 앞으로만 달려온 직선을 향해 곡선은 참다못해 물어
봅니다

"너는 빨리 갈 수는 있어도 아마 목적지에는 제 시간에 도
착하지 못할 거야"

직선은 곡선에게 "무슨 소리야 너보다 앞서 도착할 텐데"

대로를 여유작작하게 달려 도착한 곡선은 구불거리며 세
갈래로 굽어지는 도로를 나오며

뒤를 돌아보는데

직선이 그제야 머뭇거리며 몸을 접습니다

나무도, 풀도, 각을 세우지 않은 것들이 직선을 바라보며

히죽거립니다 직선만이 꽂히는 세상에서

두 선들이 제 일이 아닌 것처럼 등을 맞대도

직선도, 곡선도 달리다 종착에서는

서로를 묶어주는 리본이 된다

멀찍이에서 떨어져 보지 않고는 직선만이 달리는 길뿐인
것처럼 보일지라도

곡선의 간선이 고불거리고도 죽 뻗은 길로

만나는 그곳에는 선들이 꽈배기로 꼬아진다는 사실을 잊
고 살지요

두 길을 묶지 않고는 직선과 곡선의 한통 속 어우러짐도 없
다는 것을 아는지 모릅니다

잔소리

귀를 막아도 눈을 감아 보아도 그칠 줄 모르는 저놈의
맺힌 것들이 많아 그렇게라도 속울음을 내보이나 싶다가도
듣기 좋은 노래도 한두 번이지
눈만 뜨면 해대는 저놈의 잔소리
쌓인 것이 많아 그러려니 생각하며 듣다가도
작년에도 해대더니 같은 소리를 반복, 또 반복
하나쯤의 '외국어'라면 잡아채 귀동냥이라도 반복해볼 테
지만

끊길 듯 참는가 싶은데 또다시 이어지는
밤도, 때도 없이 해대는 볼멘 소리
도져가는 불면증에 접어들고
그래 봐야 두 주일을 살고 간다는데
내 잔소리에 누구는 귀를 막았다지
소크라테스도 평생을 잔소리에 시달렸다지
듣기 좋은 노래라고 여기며 듣다가 보면 그까짓 두 주
버티면 되는데 어디, 실컷 울어 보라고

옹이와 라넌큘러스

수긍하는 이유

계곡으로 나온 사람들
그들이 있는 곳에 붙어 다니는 습습한 양념들
입담이 볼록한 복어 닮은 아낙들은 취기를 흡수하고 눈동
자를 풀어놓은 사내들은 농으로
오가는 여인들의 뒷모습을 훔치기에 바쁘다
물 밭을 헤집느라 지친 나는 서둘러 자리를 깔았다
밖으로 외출 나온 육고기들이 높이를 줄여갈 쯤,
거침없이 온도를 높이는 대화가 타오른다

계곡의 물도 대화 속을 세차게 흐르며 희석시킬 자세를 갖
추고 있다 초로의 아낙이 둔탁한 쇳소리로
말을 섞는다

"네 남편을 홈쇼핑에 내놓으면 품절일까, 아닐까?"
"구매한 후, 절대 반품은 안 나올까?"
일시에 계곡과 산이 귀가 터지는 폭소에 말려 미끄러진다
"절대 구매한 뒤에 변심으로 반품은 없을 겨"
고기를 씹으며 통통 튀는 아낙이 확신의 추임새로 맞받으
며 응수한다
"아마 구매를 하고 난 뒤 변심으로 분명 반품할 겨" 쇳소리
여인이 핏대를 올린다
"품질은 우수하나 낮에만 일을 잘할 겨" 부연으로 설명란
을 추가해야만 반품이 안 들어온다는 말로
아낙은 반격한다

"아니야 반품은 절대 들어오지 않게 품질을 보증한다"며 거
드는 한 마디
상품을 선택하는 가장 중요한 꿀팁이 쇼 호스트의 번지르
르한 말에 절대 넘어가선 안 되고
구매할 적기와 시기를 냉정하게 판단해야 한다고 쉿소리
여인이 더 목에 힘을 준다

옆에서 맞장구로 추임새를 넣던 아낙은
"맞아, 나는 한 번이나 물건을 사보려면 요구사항이
어찌, 그리 많은지 헷갈려 안내 따라가다가 포기하고 만당
께 사고 싶어도 못 산당께"
"그거 아무나 못 하는 겨 다 해 본 사람이나 하는 겨 해 본
놈이 하드만"
"적당한 소비는 경제도 살려 구매 시기는 세일 기간을 이용
해야 하는 겨어"
호스트 속사포 형용사의 속임수에 절대 넘어가지 말라는
쉿소리 조언을 덧붙일 때
꼴이 마뜩치 않은 사내는 텁텁한 목소리로 한 방을 날린다
"아마, 저 여자가 홈쇼핑 일 순위 고객일 겨 집 안 벨이 울
렸다 하면 택배요,
날이 밝았다 하면 구매 시작이니께"
"홈쇼핑 물건을 홈쇼핑에다 되팔아야 할 겨
집 안에는 택배 물건에 다리 걸려서 못 산다고" 때로는
긍정하는 상열지사가 죽어가는 세포들을 깨운다

막걸리 항변

흔들지 말라
흔들어 어지럽지 않은 이 있는가?
나도 처음부터 탁하지만은 않았고 수정처럼 맑았다
태생이 순박하여 사람들은 나를 부담 없다 말하지만
나도 감추어 놓은 발톱으로 속내를 싸안고
누구든 품을 수 있는 가슴을 만들었다

나는 가끔씩 홀대받는 뒷방으로 물러나지만
자긍심 하나만은 대쪽으로 살아왔다
단 한 번 양주가 될 수 없음을 자조한 적 없고
내 근본을 흠잡아 본 적 없는데
사람들은 나를 막, 마시는 술이라 믿고 있다

소문 난 국적을 달고 핑크빛 바에 앉아
세상을 현혹할 재주는 없어도
삭은 냉장고 귀퉁이에 끼어 있어도
천직으로 내 자리를 오롯이 지켜보며 살아왔다
주홍 글씨로 몸통에 이름 석 자 새겨 놓으니
내가 막걸리라 불려도 좋다

마음껏 흔들어 주렴
혼탁한 양지에서 텁텁한 맛으로 음지를 달래는

노곤함이 씻기는 날까지 내 멋을 느끼는 누룩으로
깊게 곰삭는 삶으로 제 빛을 지키면서 누구라도
그와 함께 흔들리고 넘어지며 살고 싶다

옹이와 라넌큘러스

당신은 불륜

  욕실 문을 열다가 갇혀 있던 수증기에 데고 말았다 밤부터
동틀 때까지 뜨거움은 타일을 삼키고도 모자라 벽이며, 천정
까지
  수증기 속으로 빨려들어 헤매다 온몸에 신열이 났다
  열네 시간을 뜨겁게 보낸 건 한계를 넘어서는 사건이어서
  거울도, 창도 전신으로 땀방울을 받아내고 있다
  영하를 녹였을 위, 아래의 사랑 꼭지를
  하나만 잠갔어도 비난받지 않을 완결된 로맨스였는데
  풀어진 시피유가 오작동을 일으켰다
  이런 일은 없었던 것처럼 묻어버리자
  실수 많다며 타박거렸던 그의 입에도 재갈을 문다

굴밤나무 탁목조

덩그런 대낮, 민낯을 내놓고 온몸이 다
벗겨지도록 흠씬 두들겨 맞고 있는 나무,
성한 곳이 한군데도 없는 몸뚱이
송곳으로 파내고, 부리가 몸통을 지나갔다
내장들이 나무 아래로 소복이 쌓이고도
누군가는 주둥이가 말짱하다니
나무의 속이 말랑은 한 건가
머리를 쥐어박고도 온전한 게
부리가 나무의 내부를 지나가고도 살아나가는
나무의 뚝심은

탁목조가 제 몸을 굴밤나무에 쥐어박는다
발아된 씨앗들이 바람에 날리고 한숨 소리가 썩는다
아름드리 몸통을 부리로 쩛어야만 하는 소임을 받드는

사는 일도 몇 번씩은 두들겨 맞고 옴씰거리는 것,
독화살을 맞고도 배설을 느끼는 성녀처럼
굴밤나무는 성한 몸을 내어놓고 북을 두드린다

풋

하늘이 틀어지며 굵은 비가 지나가고
모과, 감, 대추 열매들이
도톨도톨한 껍질에서 빗물을 털어낸다
푸르딩딩한 열매들이 제멋대로 빗물을 요리하며
학처럼 날개를 편 산딸나무 꽃잎들이
꺾어진 가지 위로 내려앉는다

익어 보지도 못하고 산 채로 떨어진 것들의 외침이다
풋풋하고 서툰 것들이
입술에 와 닿자 통째로 모든 것을 흡수해버릴 듯해
나는 그것들을 사랑하지 않을 수 없다
익지 않은 가능은 익을 날들의 미래를 열어두고
무한 질주하는 아우토반 같아서 그 가능을 흠모하기에
'풋'들을 사랑하지 않고는 버틸 수 없다
그 푸르스름한 것들로써 솟는 기운이 넘치기만 해서
무한하게 열린 그 끝이 블랙홀만 같아서
모든 여백을 열어두고 나는 기다린다

'펑' 터지고 마는 익음은 '풋'에서 멀어져가는 잠시일 뿐으로
설익은 여백 앞에서는 부드러운 기다림이다
푸르딩딩한 것들의 질주는 언제나 당차고 과감해서

그늘 막

잠자던 그늘이 창고 밖으로 나왔어요
누워만 있으면 뭐해요
강풍에 날아가지 않도록 붙들어준다면
사막을 걷는 그대들에게 내어줄게요
손수건을 펴 그대의 땀을 닦아줄게요

하얀 그늘 아래로 까만 수박들이 모여
구슬땀을 털어냅니다
유모차를 타고 막으로 아기가 들어왔어요
찡그리던 주름 눈이 하회탈처럼 펴집니다
잠자던 구름이 내려와 의자를 내밉니다

신호등이 바뀌고
그늘을 머리에 인 수박들이 횡단보도를
걸어 다른 막 아래로 들어갑니다
한 조각 그늘을 들어 올린 천이
신호등 옆에서 우산으로 굳어졌네요
빌딩 안으로 통숲이 들어왔어요

옹이와 라넌큘러스

바늘귀

바늘귀를 끼다가 허공을 찌른다
쪽눈을 감고 이미에는 내 천 자를 지으며
다른 길을 찾는다
헛발을 디디며 바늘 길을 찾는다
실낱 같은 바늘귀에 실이 꿰이지 않는다면
몸통에 실을 맬 수는 없는가
다시 한 번 윙크하면서 바늘귀에 실을 낀다
바늘귀를 또, 지나갔다
몸을 사리고는 되는 일도
몸통에 실을 맬 수 있는 기적도
일어나는 이변은 없어서
바늘귀를 낀다

촘촘하게 꿰맬 일만 남긴다

덤

—

번잡한 사거리 전철역 7번 출구 앞에서

할머니가 야채를 팔고 있다

더덕, 도라지, 상추

탐스럽게 벗고 있는 더덕에 화살을 맞히고 들판을 풍요로 잠식한 쑥빛의

대왕을 내미니 응당하게 받아야 하는 것 외에 상추 한 주먹이 더 오른다

어쩔 줄 모르는 막힘이 소통으로 물꼬를 튼다

그쪽도, 이쪽도 서로의 답례가 무리하지 않다지만 때로는

덤이 커져서 두 발 뻗고 대자로 잠들 수 없는 일을 만들지는 말자고

세상에는 옥죄듯 목줄이 조여 가는 이들도 많고 많아서 보는 것으로도 심장이 뛰고, 발작을 일으키는 것 같아서 더, 더 보다는 차라리 덤을 택하고 싶다

팍팍한 삶이 춤출 수 있는 것도 두 손등이 부르튼 할머니가 "옜다" 하며 찔러주는 꼬깃꼬깃한 검은 봉지에 무게가 실릴 때다

생각지 않은 덤이 오는 날은 그로도 충분해서 촉촉한 날들이다

옹이와 라넌큘러스

어떻게

이제는 쌓인 먼지처럼 익숙해져버린 날들이 그대로 굳어버
린다면
이러다가 행여, 예전을 찾아가지 못한다면
너와의 옆에는 언제나 타인 같은 사람들은 있어 왔지
무심코 너의 발을 밟기도 하고 어깨를 치기도 했던 그런 타
인과의 접촉마저 이제는 희미해지고
너와는 서로 조립된 관계는 아니었어도 희미한 유대감으로
우리들은 맞물려 왔지
접촉을 빠져나와 고립을 찾아가야 하는 이면에서도
면과 선의 나날들에서 하나를 떼어 지우고 하나는 축소해
서 살아가야 하는
뼈마디들이 드러눕는 방향으로 이완되어가고 있다
어쩌다 발코니로 날아든 불러주지 않은 새 한 마리가
발코니에 앉고 촐싹대며 화분 위를 간을보다가 하루살이
를 채어 입맛을 다신다
저 새로운 존재에게 마음을 뺏기는 것도 스스로의 고립에
서만 만나는 잃었던 발견임을 알아차리고
날아든 새가 느닷없이 아래로부터 치솟아 발코니로 입장했
다는 것을 신비한 것이라고 생각해본다
지금까지 너와의 관계를 별반 주시한 적 없었는데 고개를
팔방으로 꺾어 돌리며 주변을 살피다
미련 없이 가버리는 애인의 뒷모습을 바라본다

남은 것의 단절이 무겁고 서로 묶여 있던 선들이 느슨해진다
사월의 밤이 지나고 편지를 쓴다
어떻게 지내니?

타자의 거리

벌이나 나비가 꽃을 보면 아름다울까

무니 배추를 보면서는 왜 사람들은 꽃노래를 부르지 않는
지요

배추도 무도 분명 꽃을 피우는데도

누구든 한 사람은 하락시키고야 후련한 조롱의 세상 언어
들을

살아서 건지도 못하게 쓸어 통으로 옮긴다면 타자들과 소
통할 수 없을까

추하고 공허한 그것들의 정체는

공손하지도 않아서 다독일 수도 없는데

그 흔한 꽃들은 아름답다는 말이 필요치도 않아서 필 때도,

질 때도 혼자라도 예쁜데

우리가 퍼 나르는 각자의 풀이대로 말의 꽃은 피는데

글을 꽃처럼 받아 주리라 생각할 때가 있어서 찰떡처럼 믿
고 있는 그에게

문자를 한바탕 써서 그냥 눌렀다가

돌아오는 말,

글 쓴다는 사람이 오타 범벅이네

입에 달고 사는 부사

하루하루의 근황을 두루마리처럼 말아오던 흐름을 일시에
끊어버리는 것
　의도와는 별개로 당돌하게도 지금을 마주보게 하는 냉정
한 단어
　입에서는 '벌써'를 잡아당겨 닦달하고 뒤에서는 달려오는
속도가
　테제베와 같아서 어느 시점까지는 써오던 말도 아닌데
　눈치없이 뛰어나가는 말이 되어버렸다
　하루의 낱장을 누적 포인트 어디로도 처리하지 못하고 쓸
려 온 날들이
　'아직은'이었는데 어느 틈 사이 비집고 들어온 '부사' 하나
가 생활 곳곳에로 옮아 붙었다

　지난함을 켜켜이 쌓아 짧은 시간이 되어버린 지 오래
　'아직'이라는 막연함을 등에 업고 살아도 핑곗거리가 통과
되어 지나가던
　그 쌓아둔 시간들 속에는 사뿐사뿐 걸어온 발자취들이
쌓이기만 해서
　놀랄 일이 없던 그때가 어느새 옮겨지고 느닷없이
　들이닥친 감당 안 되는 무게의 기정사실들이 꼬리표를 달
고 발에 채여서

　　　　　　　　　　　옹이와 라넌큘러스

휘청거리고 말지도 모를 압박에 이리도 시간이 지났느냐
고 울러다가

아직은 깜빡이는 신호등 안으로 뛰고 있는 거라고 지금을
깨달았을 때
'벌써' 이렇게 되었니?

신사임당

　사라진 기억들을 역순으로 되짚어 간다 작동이 되지 않을
이유로
　내가 한 구체적 행동이라고는 없는데
　잘못 건드린 무엇이 있는지 자책을 하다가
　컴퓨터에 디스크를 꺼내 다시 끼운다
　'드라이브의 디스크를 사용하기 전에 포맷해야 합니다'

　'포맷'이라는 장벽, 정보 속의 바다를 헤엄쳐 보지만
　이건 아닌 거 같아서
　내 한계의 영역을 이탈해 있어서 통째로 컴퓨터를 업어
　병원으로 갔다 센 놈의 바이러스
　장기가 모두 손상되어 급기야 원격 수술대에 누웠다

　모든 장기를 갈아 끼우는 데 드는 병원비로 신사임당은
　싸고도 싸서 불치병이 아닌 것에 대하여 모든 산물들의 사
라짐에 대하여
　다시 정립해본다
　이런 낭패는 누구에게나 무작위로 닥치는 일이어서
　머리채를 쥐어뜯으며 짜내도 사라진 기억들은 살릴 수가
없나 보다
　비번처럼 잊지 않고 나날이 살다가 바이러스에 잡히고

시피유에서 기억들이 사라지던 날
응급실을 나오면서 어른이 된다

제 **4** 부

해
박
한

늙
음

조이다가 터지는

겨울을 치유하며 발라놓은 향기의 아침

십여 일 만에야 열어 제친 창으로 바람이 밀리는 것은
버터의 냄새가
참았다 터트리는 조여 놓은 나사들이다
마지막까지 참아내다 기어이 뱉고 마는 첫 고백
몇날을 앓다가 입을 여는 아침의 첫 말이다
가슴을 조이며 설핏 익지 않은 것들을 돌리며

가끔은 삐걱대는 잎들을 돌려 조이고
골과 눈부신 베란다의 햇살까지 모아 조여 놓은 것들이다
잔뜩 버터를 바른 꽃들의 알곡이 터지는 소리에
봄날이 차오른다
버터 냄새가 물씬 나는 쪽으로 새도 날아든다
익지 않은 설핏잠을 부비며 살았나 보다

새어나가는 봄날을 조이고 있다

옹이와 라넌큘러스

낙엽에게

삭일수록 가라앉는 것이 없는가 하면
빌딩을 오르는 승강기처럼 솟구치는 것들도 있지
떨어지면 낙엽이 누워만 있는 건 아니지 잠시 중력을 벗어나
지나버린 향취를 남김없이 빨아들이는 것도 네 일이라고
떨어져 구르는 것만은 아니니 구르다
동굴에 갇히어도 빠져나오면 햇살이지
누워 있는 것이 네 낭만인 것만 같고 그렇게 오해받은 것만
같아서
  화가 날 것 같은데, 긴 시간을 누워 있는 낙엽으로만 살다
간 그대로
  뒤엄으로 된다는 건 타인의 판단이 끼어들어 그렇게 살았
던 것 아니니
  삶이 요란하거나 괴기할 때도 누워 있기는 싫지
  밟으면 꿈틀대며 일어서게 만드는 게 힘이지 뭐든 잡으려는
몸짓이지
  사무치게 일어나고 싶을 때,
  낙엽, 그 찬란 때문에 신음으로 고단하게 살지 말고
  일어나지 못할 이유가 없어
  분을 조각조각 잘라서 벼랑에도 구르지 말고
  사방으로 불똥도 뛰지 않게
  서로를 물지 않도록 낙엽아 발치해서 달래줄게

  솟구침으로 어디로든 날아가는 것이야

그들의 자리엔 무슨 일이

자신으로 쏟아지는 화력을 용케도 견뎌내는 그는
색맹일 수 있다는 의아함을 나는 믿고 있다
바닥만을 보고 있는 그의 자궁에는 복숭아
씨가 자라고 있음을 나는 믿고 싶다

어디선가 들려오는 주파수를 어쩌다 듣지 못했다
두 눈을 뜨고도 색맹을 지니고 있어 분홍 심장이 보이지
않나 보다
잊고 지내는 분홍 심장을 볼 때는 태아의 박동이 내 몸에
서 뛰곤 한다
내가 그이길 원해 보듯이
그도 가끔씩 임신을 원했나 보다

아이들이 적어지는 숫자의 고통 사이를 그도 몸으로 나누
고 싶었나 보다
그렇게도 만날 수 없는 분홍 심장들을 전철에 오르고야 만
나게 된다
5학년 중년의 고개는 진즉에 넘겼을 분홍 심장 자리의 여인
종아리를 마구 열어 놓은 내 멋대로 남자의 임신
그들 자리에 설치된 몰카에는 태아의 심장이 뛰고 있다

자유롭지 않은 시선

아무런 준비 없이 밖으로 나온 후 소나기가 덮치고
가던 길을 서둘러 다리 밑으로 숨는다
쏟아 붓는 물 폭탄에 마냥 기다릴 수만은 없어
굵은 소나기에 그는 몸을 맡긴다
시원해서 맞을 만하다고 젖을 대로 다 젖어 버린 껍질

그는 괜찮은데도 시선이 비처럼 그 몸에 꽂힌다
걸친 옷이 비루하다고 속심도 빈하지 않은데
사람들은 그가 안되었다고 생각한다
비를 맞아 구석구석의 몸이 살아나는 그를 보고도 타자들은
그가 안되었다고 생각을 한다

가던 길에서 물 폭탄을 맞고 그도 장대비가 된다

반려식물

저마다의 개성으로 살아있음을 전해오는 베란다로 나간다
생물로부터 받아 채우는 냄새의 접촉과 인사를 나누고
버릇이 된 SNS를 확인한다
베란다를 장식하고 있는 반려들이 으레 맡아온 그것과는
다른
감각을 자극하는 웅둥그러진 한통속의 성장 냄새까지
휘모리장단으로 들이닥치는 일상에서의 거리까지도 단절시
키며
유배된 삶처럼 단조로울 날들을 제멋대로 꽃을 지우고
과감하게 방향을 틀어 잎을 떨구는 지들끼리의 법칙대로
분투하는 저 반려들이 지근거리에서
서로를 배제하려는 것이 아닌 모두를 싸잡아 살아가려 애
씀을 바라보며
울타리를 만드는 저들의 조화가 그 안에 있음을 보고 있다

나는 잡기도 불편한 씨앗들을 한 뼘의 손바닥 땅에 쏟아
부었다가
동안을 잊고 지내다 흙을 조각내며 자라난 싹을 본다
질서를 받아들인 씨앗들이 간격을 맞추며 고만고만하게 자
라는
존재가 되어 내가 자리를 비우면 그들도 다투어 자리를 떠
난다

해박한 늙음

누구라도 세상에서 피해갈 수 없는 문 하나씩을 갖고 있지
뛰어 넘을 수도 없는 그 문에 공통점 하나
작은 활자들이 눈앞에서 꼬물거리고
모니터에서, 책에서 득실거리는 균들이 교란시키는
그 문 앞을 누구라도 공평한 잣대를 재므로
평이하게 살아볼 만한 이유가 되기도 하지

젊게 보이고 싶은 그런 얼굴만을 흠모하고 싶을 때가 있어서
자신감이 넘치는 태도를 보여야 할 때도 더러 있어서
소심해질 때는 믿는 명분으로 그곳을 덮어보기도 하지만
깎아놓은 조각 얼굴들의 뒤에 붙어서 구린내가 묻어 날 때
면 그가
어떤 삶을 살아왔는가를 묻고 싶을 때가 더러 있어서
조상이 내려준 선물인 면이 당당해질 때가 더러는 있기도
하지만

그가 쌓아 놓은 면에는 삶의 결이 책임지고 있어서
남들이 어찌 보든 흔들리지 않는 둑 심지를 박아 두기도 하지

저이가 꽤 괜찮아 보이는 것은 그가 걸어온 걸음의 결이 돋
보여서
자꾸만 그는 틀림없이 자기의 거울을 자주 보는 이라고 단

정 짓고도 싶지

　그를 그대로 동판으로 박고 싶을 때도 많아서

　밖으로 튀어나왔을 뿐인 면에서 안의 아우라가 보이는 것은

　표정만으로 그라피티를 그리는 이들로 아름다운 언어를 칠
할 줄 아는 이들이지

　감정을 비추는 거울로 늙어가는 이들은 표정도 해밝아서

옹이와 라넌큘러스

육식하는 채식주의자들

단 한 번도 그런 일은 없었다
참새가 날고, 왜가리도 긴 발을 물에 담그고 서 있다
까치들도 주위로 몰려
찧고, 까불고 악동들이 놀고 있다

놈들이 몰려 있는 그곳에
들썩거리는 물체 하나에 눈길이 멈추고
왕따시킨 비둘기 한 마리 주위로 빙 둘러선 까치들이
한 입씩 한 번씩 쪼아 대는 구타가 시작되었다
산 채로 놓고 날로 삼키는 저 강철 위장
급한 대로 들고 있던 우산을 흔들며 쫓아보지만 바라보기
만 하는 저 능청
주위로 모였다가 다시 흩어지고 하강하는 도발을 해방놓다가
반환점을 돌아 제자리에 섰을 때도
아작아작 육식의 잔혹사를 쓰고 있었다

냄비

더위를 뽑아버릴 자세로
냄비를 닦는다
옛일을 바라보며 삭은 껍질을
벗겨낸다
문질러 댄다고 과거가 닦일 까닭이 있겠는가만
달아올라야 근성인 까닭에
닦다 보니 속살이 트인다
닦다 보면 일 없었던 것처럼 닦아지는 일도 있더라

노출

진한 여름 삼복더위에 불타고 있는 전봇대 기둥 위에는
간판이 엿가락처럼 늘어졌다 킥복싱, 무에타이, 다이어트
더위도 누웠다가 일어날 전율이
머리끝을 서게 한다
'뼈만 남기고 다 빼드립니다'
몇 년 사이에 층이 층을 이루어 올라앉은 살에 누적들이
원피스 사이로 실밥이 터질 듯 몰려 있는 배 둘레
노출은 꿈으로도 나타나주지 않은 일이 된 지 오래
극도로 단련된 허벅지 하나가 광고판에 걸려 있다
팔뚝에는 이두박근이 방금이라도 옷을 찢고 나오는 헐크
만큼 돋았다
도로의 안전지대처럼 투덜거리는 왕 자들이 사진 속 남자
배 위에서 꿈틀거린다
드러낼 '몸매 가꾸기' 그 말이 그녀 입술에 닿기도 전에
펄럭이는 체육관 광고 앞에서 온몸이 오싹해진다
기아에 허덕여 피골이 상접된 아이의 퀭한 그림이 전봇대
에 걸려 있다

2019

"이제 좀 정신이 들어?" 병상에 드러눕는 그가

가까스로 기운을 차리고 몸을 일으킨다.

바다거북이, 북극곰도 그 곁을 지켜보다 몸을 부축하며 보살핀다.

맑디맑은 먼 산이 병실 안으로 무심히 들어왔다.

산은 그가 누운 침대 병상을 들어 올리며 말한다.

자신의 건강을 이만큼이나 회복시킬 수 있어서 고마웠다고.

자주 몸통이 떨어져 바다로 나가는 빙하에 몸부림치던 곰도 그가 맞고 있던 링거 병을 바라보며

"아직은 더 쉬어야 해."

해변을 빽빽하게 진을 치고 있는 사람들을 보면서

산란의 공간을 잃은 거북이는 누구보다도 19를 환영한다.

"이제야 나도 숨 쉴 수 있어." 한탄 섞은 속내를 토로하는 거북이의 눈에서는 뜨거운 눈물이 흐른다.

들어본다. 자연의 노래와 그 목소리의 번역을 들으려하지 않은 호모사피엔스들은

그가 지금까지 견디어온 내면의 일기장을 공개한다면 우리들은 인간이어서 죄스럽고

그 분노를 귀담아 듣지 못해서 여기까지 왔다고 무릎을 꿇어야 한다.

옹이와 라넌큘러스

오후의 햇살이 그의 병상을 비추며 속닥거린다.

그의 곁을 지키던 곰과 거북이가 시험대에 오른 지구의 살결을 보듬는다.

망원경

입을 조금 열어 촉수를 내놓고 두리번두리번
좁쌀만 한 그 눈 속에는 망원경이 들어 있다
자그마치 이백 개나 되는 눈을 가지고도
빛을 모아 망막에 조리개를 댄다

가리비 눈 속에는 천수보살의 손이 사방으로 눈을 돌린다
점보다 작은 눈을 오목거울에 비추며 촉으로 춤을 춘다

껍데기를 벌리고 기다란 주름치마를 늘어뜨린 여인이 가리
비 속에서
손장단을 맞춘다 돋음 발을 디디며 양손에는 짝짝이를 들고
정면과 측면을 두루 볼 수 있는 눈으로
세상 속 이치를 꿰뚫어 보고 있다

가리비의 반사경 앞에서는 누구라도 피해갈 수 없어
천수보살의 망원경을 통과해야만이 비로소 인간으로서 살
아갈 수 있다
두 개의 더듬이가 나와 핥고 지나간 후에야 세상으로 용해
될 수 있다
천적과 먹이를 동시에 보는 재주를 가지고 세상을 본다

통과의례를 지나온 가리비는 신이 되기도

나비효과

날기 전을 생각하면 이구동성 사람들이 소리 지르며 달아
나는
징그러운 애벌레였지
나를 나무에 붙여놓고 모두 떠나간 후 혼자서
잎을 먹으며 바람을 견디며 닥치는 대로 무엇이든 잡아야
했어
새들의 험한 눈독을 피해 간신히 살아남은 생은 가시밭이
었지

나무 뒤에 숨어서 친구들의 걸음마를 지켜보다가
피붙이들이 새들에게 먹히는 광경을 방관하며 보아넘겼지
다른 삶을 살고자 몇 번이고 껍질도 벗어 보았어

화려한 거로야 빼어나지만 그것만이 능사는 아니었지
그런 화려함마저도 내 명을 조여와 날개로 얼굴을 가리고
분가루로 뒤집어쓰고 적을 교란시켰지
싫은 노래도 부르고, 매크로렌즈도 장착해두었어
귀는 얇아도 토끼 귀를 달고 세상을 파고들어 진화하는 나
비가 되기로 했어

내 짧은 다리는 아름다운 것들의 꼭대기에만 앉을 수도 있
지만, 그러지 않기로 했지

세상을 조각내어 볼 수 있는 모자이크 눈을 심어두었어

앙팡지게 꽃을 파고드는 그 돌격이 없었다면 단물만을 핥고 바깥만을 돌다가

살아남을 수 없었을 거야

취해온 결과물들은 마실 나가 나누곤 하지

사는 것도 앙칼지게 새날들을 파고드는 것일 테니까

옹이와 라넌큘러스

너구리

폭우가 한차례 휩쓸고 지나간 천변 귀퉁이에
풀을 베고 살포시 누워 있는 물체 하나,
그 등으로 다가가 보니 미동이 없다

채 파리들이 온몸으로 달라붙어
잔칫상을 받아 놓고도 날뛰는 해충들
탐욕 앞에 몸으로 보시를 하고 있는 너구리
길고 뾰족한 입은 어딘가를 향해
날카로운 말을 하려다
그대로 입을 닫았다
몸을 똬리 틀고 지나온 생을 되돌아보는 주검
살아온 생보다 더 긴 잠을 자고 있다

제 몸 하나 건사할 곳을 찾다가
급물살에 밀리고 밀리다가 제 힘으로는
한사코 문을 열지 못했나 보다
잊을 만하면 듣게 되는 비보들 속에서도 천변의
어린 싹들이 팔월을 견디고 있다

금전 출납부

대갓집 살림도 아닌 크게 들어올 일도, 또한 '억' 소리 지르
며 나갈 일도 없는 살림살이에
금전 출납부가 가당키나 하느냐고 물으니
어김없이 공기 마시듯 해온 일이니 살림살이 인증은 해야
지 싶어 금전 출납부 한 권을 샀다.
첫 장부터 세어 보니 이백 페이지
16년 동안을 흔적 내야 하는 과제물이 되고
이쯤에 생각이 미치다가 뒷머리가 당긴다

13년의 물증과 그 이전의 활자들이 내 주름살과 엉키고

16.999999999 뉘어도 닮아 보이는

뚜렷뚜렷 서서 오는 숫자들은 때려눕히고 싶을 때가 있다

옹이와 라넌큘러스

전철안의 스케치

사람들이 한 마리 짐승을 보고 떼로 몰려온다
계단을 오르면서도 승강기로 몰리는데도
폰을 보면서 발은 제대로 옮기는 재주와
그들의 발에는 모두 눈 하나를 더 달았다

문이 열리고 자동으로 몸통을 휩쓸어
여자와 남자의 입이 짐짓 가까이 붙고
남자의 눈과 여자의 눈이 서로를 훑는다
밀착된 몸과 마음이 서로에게 놀라며
폰을 잡은 손과 동시에 고개를 숙인다
앞 남자의 지퍼와 벨트만을 바라보고 있다
지퍼의 윗단과 입생로랑 벨트가 일치되지 않는 선
애꿎은 얼굴이 덥다 출근길이 바빴을 텐데도 구두의 앞 코
가 반짝거린다
자신의 멋을 가꾸고 손끝이 야무진 사람일게다

일곱 의자에 일곱이 마주앉아 서로를 훔쳐보다
일곱 모두가 스마트폰을 꺼내드는 저 우연의 일치에 놀랍고
숙이고 있는 머리 위로 선을 그어도 누구 하나 걸리지 않
을 불변 규칙이 몸에 밴
아래만 보는 이들은 머리를 들면 해에 가려진 달이
낮에도 있다는 사실을 알까

위로는 천장도, 선반도 있다는 사실을
잠깐, 닫히는 문 사이로 바람이 들어왔다
사람이 바람보다 빠르다는 걸 잊고 살았다

옹이와 라넌큘러스

애마에게

대칭이 없는 가방을 메고 손끝이 옷소매에 묻히던 날
전람회에서 하얀 분을 바르고 있는 너를 만났지
메타세쿼이아 밑둥처럼 굵은 근육들이 좋아 보였어
너는 길들이려 가두었지만 그는 늘 길 위를 기웃거리고 있
었지
같이 달리던 길부터 혼자서 엇갈리던 길까지

걸어온 갈래 길들을 넌 다 알면서도 입만은 열지 않았지
그 시간들이 우리에게 고스란히 담겨 있어서 그 해독들을
풀어내 길 위로 펼친다면
끝은 어디쯤에 닿을까?
혼자서는 어디도 갈 수 없다고 했던 너는
문지기로 남아주겠다던 너는 이제 머리털이 한 올씩 빠지
고 있다

지금,
밑을 드러내고 항문까지 열어 놓았어
네가 한 일을 다 알고 있지만 입은 다물기로 했어
입이 열리는 날이면 고려장행이라는 것을 알고 있으니
다리며 몸이 기억하자면 1999년 공들이며 달려온
애마가 지하에 누워 있는데 너는 길만을 바라보고 있어

제　　　　　부

5

다
시
질
어
지
면

그 남자 그 여자가 아직도

같은 나무를 보아도
그녀는 나무도 보고 나뭇잎을 보지만
그는 나무만을 본다
격하게 달라서, 그는 국을 보면 밥을 말지만 그녀는 따박따
박 국물을 떠서 먹는다 그는 뜨거운 국물이 목울대를 스쳐
야 포만을 말하지만 그녀는 찬 국도 그냥 넘긴다
그들이 길을 가다가 대로에 열어놓은 맨홀을 만나면
그는 다가가 뚜껑을 덮지만
그녀는 누군가 맨홀 밖으로 올라올 이를 생각하며 제자리
에 놓는다
극도로 단순한 그와 거미줄 같은 그물망을 가진 그녀는
한 조로 붙어 다니는 전생에 원수 사이로
만약에, 혹성에 살라 하면 여자는 그가 어느 여자와 밀회
를 즐기는지 알고 싶어 하고
그는 사후의 관심사에 귀를 기울이지만 그녀는 사후 같은
건 안중에도 없고
머무는 여기에, 몰입을 한다
삼시 세끼 마시는 커피에도 통잠 자는 그와
반 잔만으로도 귓가에 날파리를 잡아야 하는
그 남자
그 여자
고체를 고온으로 용해시켜 가고 있다

네 잎 클로버

완벽하도록 눌러 꽉 찬 더위의 두 시
네 잎 클로버를 찾으러
풀숲을 헤치고 다니는 아이
괜스레 발로 들풀을 차며 그냥 돌아온다
계곡 언덕을 걷는 게 싫었나 보다
냄비에서 옥수수가 끓고 아이의 마음도
냄비가 된다
볼을 타고 짭조름한 눈물이 떨어진다
가르쳐주지는 않았어도 네 잎이 행운을 가져온다는
말을 세상으로부터 귀동냥 했나 보다
들풀을 헤치다 지쳐버린 아이에게
네 잎 클로버는 찾는 것이 아니라 네 마음에 심는 것이라
진즉에 말해주었더라면

"방아깨비를 잡는 것이 더 쉬울 거야"라고만 말해버렸다
네 잎을 찾겠다며 열사(熱死)로 나가는 아이

다시 짙어지면

새순은 앳된 얼굴로 억세어지다 진해지는 늙음
그 의지로 스스로를 세우고 맞선다
날마다 눈금씩 자라고 있다
짙어지는 색으로 출렁거리는 푸른 날들이
그런 날들도 아플 때가 있다
진해진다는 것이 살아 있음의 깊이와 넓은 통으로
연륜을 통과해 나오는 전리품과 같아서
잎들이 곧 닥쳐올 검푸른 짙음으로 가는 길목에
치자색 스카프를 두르고 목을 가린다
감색 빛이 도드라진 바지에 날을 세우고
연둣빛 짙은 소슬바람에 머리 날리며
설익게 자리 잡는 대추알처럼 투명한 생각들을
자라는 봄날에 내어 말리고 싶다
가지마다 굵어지는 기운을 달고서
소란스럽지 않게 초록 물을 다스리고 있다
지금까지와는 전혀 다르게 살아갈 준비로
다른 서투름도 포용하면서 때로는 성장은 버겁고도
외로운 거라서 그런 일들은 별일 아닌 것처럼
시치미 떼며 짙어지고 있다

옹이와 라넌큘러스

거미줄을 오르는 까닭은

공중에 매달린 동아줄을 타고 있는 그가 방향을 바꿀 때
마다
빌딩 창문들이 직각으로 내리꽂는 반사 빛을 온몸으로 견
디고 있다

가지에서 내려오던 벌레가 땅을 밟더니 죽은 척한다
옆구리를 툭 치니 능청맞게 가지 속에서 머리를 들고 나오
는 자벌레
바람에 날리다 동아줄에 걸린 가지의 오해로 속고 만다

제 한 몸 건사하기를 그렇게나 가면을 쓰고
빌딩 창에도 거미줄이 붙어 있는 기적을 바라본다
줄을 입에 물고 나무에서부터 땅기운을 잡으려고 자벌레가
몸통을 비튼다
그가 움직일 때마다 제 몸만큼씩 동아줄이 풀리며 생각이
부푼다
입에 문 거미줄이 한 자씩 길어진다
그도 팔을 벌려 흐린 흔적들을 닦아낸다
땅으로 줄을 대려고 몸부림치는 자벌레
그도 줄을 탯줄처럼 빨아대고 있다
몸통을 벌리고 줄을 벗기려 온몸이 돌고 있는 그들의 전신은
거미줄이 아닌 동아줄인 채로 살 거다

콩알만 한 밤

제발, 내리지 않기를 바랐던 비다
텐트 위로 떨어지는 빗소리는 귀를 할퀴고
계곡 물소리도 언성을 높인다

짐승들 소리를 듣고 있다
사연을 안고 떠도는 혼령들이
텐트 주위를 돌며 안 밖으로 긁어댄다
살면서 죄짓지 말자 해도
이래저래 쌓아놓은 내 업들이
한꺼번에 와락 몸으로 덮친다

빗속을 가르며 한 줄금
그림자가 지붕 위로 오를 때마다
공포가 종잇장으로 날리며
안으로 밖으로 넘나든다

맥박들이 초죽음 모드로 돌입되는데
사람들이 지나가고 있다
이 밤, 그들이 빗속을 걷는 이유는
굵은 심장을 갖고 싶은 사람들이다

빗소리가 청승맞지도 않은
가위에 눌려본 이들에 무거운 생을
돌아보는 간이 콩알로 졸아드는 밤이다

옹이와 라넌큘러스

연근을 썰다가

하얀 동굴에서 고분을 찾는다. 별별 모양의 금붙이들이 노
다지가 되어 쏟아진다.

둥글고 긴 굴 안의 고분에서, 대갓집 대문에 달린 경첩으
로, 금관에 매달린 귀고리로,

어느 왕비의 숨결을 더듬으며

진탕 속에서 건져낸 노다지들을 캐낸다.

연근을 싹둑싹둑 자르다가 동굴을 들여다본다. 개가 먹다
버린 뼈다귀가 들어 있다.

텅 빈 집이 무너지고 송송 뚫린 뼈들이 옆으로 다소곳이
누웠다.

물오르던 소리도 뼛속에서 사라지고

흐르지 않는 혈관의 통로에 누군가가 서 있다.

아귀와 사리

제 몸통만큼 벌린 큰 입으로
바다 밑을 훑다가 누워 있는 그는 무슨 생각에 잠겼을까
유별나 보이는 다물지도 못하는 입으로
전어, 고등어, 오징어들이 그 입안으로 갇혀
통째로 그것들이 꺼내지던 날
생선들은 그의 머리 위에서 흔들리던 현란한 춤에
빠져들었던 방종한 날들을 곱씹어 본다

그 몸에서 생선들이
콧물을 전신에 묻히고 살 수밖에 없는
그의 몸통을 빠져나왔다
지느러미 근육질 꼬리로 바다 밑을 헤집는 너
부릅뜬 두 눈알로 물을 애무하며
난폭하기 그지없는 그 식성은
새우, 조기, 그러고도 모자라 제 자식까지
배 속까지 쩌억 벌어진 톱니를 달고

탐욕으로 다툼이 잦았던 너는 생전의 업으로
입으로는 넣어도 천형인 목구멍이 적게 태어나
늘 너는 배가 고파 있다는 것을 안다
내어놓는 것이 없으면 허기에 시달림은 받아야지
정어리, 조기, 오징어가 독설을 퍼붓는다
그들은 귀환이 옳음을 독백하면서
아귀 입에서도 사리가 나오는 걸 지키고 있다

큰물로 가는 길

어시장에 들러 갈치를 박스로 샀다
조림, 구이, 갈칫국까지
거푸 세끼를 먹고 나니
한 마리 갈치로 다시 태어나
은빛 실루엣을 달고 갈치 자로
힘을 다해 바다로 나간다
이주를 꿈꾸며

동해안을 지나 독도까지
삼 해안의 바다를 나와,
내친김에 섬까지
태평양을 지나 대서양으로
대서양에 와서야 내 작은 어항이
연못이었음을 알게 되었지 갈치는
멀리멀리 나와 있음을 알게 되었어

산 채로 냉동된 찬 아픔으로
나무 박스 안에서 켜켜이 누운 채
봄날을 견디며, 온몸을 녹이며
침묵으로 바다를 꿈꾸었던 갈치,
커다란 어항에서 큰물을 따라
바다로 이주해 온 물고기는

바다가 들려주는 긴 꿈을 긴 몸으로
큰 물살을 가르며 깊이 멀리 나간다

갈고리로 갈치 궤짝을 찍어 옮겨주었던
곡절 많았던 어머니가
한 자락의 기억을 깔고
바다로 길을 낸다

옹이와 라넌큘러스

파프리카

맛깔 당기는 색들 사이에 낀 떨이용으로
매대에서 퇴짜 맞고
혹이 돋고 움푹 팬 노랗고 붉은 것들이
당당하게 일어설 날을 기다린다

그녀가 몸을 단련한다
새벽 정기를 받으며 요가도, 산책도
날마다 맨몸으로 샤워도 하고 식감의 향기도
취한다 언젠가는 맛으로 승부하리라

몸에 나쁜 토양은 아예 눈도 돌리지 않을 거다
치장 같은 건 강 건너 불구경쯤으로 여길 거야
이슬만을 머금고 살아가며 민낯에 맨몸으로
뒹굴다 보니 몸에 상처도 하나쯤은 생기게 되고
신선해도 낙오되었지만
강요된 틀에 얽매이지 않을 거다
외롭지 않아도 돼!
나는 부끄러운 과일이 아니야
"못난 것이 나의 콘텐츠인걸"
"혹이 있으면 어때? 싱싱하고 영양 많으면 되지"
그녀는 이를 간다

아보카도를 자르며

애인을 고르듯 아보카도를 고르고
식욕을 채우려 과도를 들었다
꼬투리를 찾아 비스듬히 누인 후
두툴두툴한 머리부터 두 동강을 낸다
그 안에서 움츠리고 있는 태동,
실금을 그리며 심장이 팔딱거린다
안으로 운집한 생명들이 꿈틀대며 사지를 편다
방금까지 뛰었던 심장이 사라져가는 박동을 들으며
섬뜩한 뇌에 걸린 생각들과 대면하다 다시는
이런 극적 생의 핏대를 보지 않겠다
열매에 고된 아픔을 농축시키며 안을 채우고 덩치를 불리
기까지
  더러는 속살도 생채기 몇 번을 걷어내지 않고는
  완숙에 이르지 못했을 것을
  풋풋한 것이 전하는 파리하고도 노란으로 이완되는
  즙의 첫 맛은 차고 뒷맛은 혀 안을 농락하려다

  뜻밖에 튀어나온 지구본에 그의 넋이 흔들리고
  겉과 속이 몹시도 다른 가면의 생들은 상시도 주변을 배회
하며 살기에
  건너 뛰는 걸림돌을 만들어 놓고 만다

옹이와 라넌큘러스

일월 비비추

금대봉 분주령에 오르니
나비도 꽃도 마구 달려든다
눈과 꽃이 서로를 맞대고
"잠시, 쉬어도 되겠느냐?"
은자 앞에 앉으려다
"작아도 되겠느냐?"고 다시 물을 때
화살 하나 날아와 꽂히며 하는 말
"작음이 이곳에 데려왔다"고,
"벌처럼 떨며 찾아왔다"고
천 고지를 견디며 얼어붙고도
산 살을 더듬는 긴 목으로
손대지 않아도 제 앞가림을 하는
비비추가 들려주는 지난한 일을
등에 업으니
꽃 방울 소리가 울리네, 바람이 이네
은자가 산자락을 내려가고 있네

보행기에 아기 있소

대형 쇼핑몰로 나들이 나온 두 아기가
보행기에 앉아서 그녀를 바라보고 있다
저 사랑의 눈길을 알 것도 같은데
금수저로 밥을 입에 넣어주는데 '금얌' 받아 먹는다
아기 한 입 입에 넣은 수저를
그녀도 입으로 가져간다
저 사랑의 깊이는 어디까지 닿아 있는지 의문해 보다가
간식들을 잔뜩 담아온 그녀의 가방을 본다
보행기에 앉아 있는 두 아기와 얼굴을 맞대다
깐족거리는 그 입에 과자를 넣어준다
'금얌'거리며 아기는 재롱으로 화답한다
위로부터 전수되어 온 눈먼 사랑은 멀리에
있지 않은 것임을 물병을 꺼내 입에 물리는 '엄마'로 불리는
젊은 사랑과 나의 간극이 그리도 컸나 보다
보행기에 쌍으로 두 마리가 타고 있다
보행기 미는 그들과 나만이 울타리를 만들어 가고
호마다 독자, 독녀들 음파가 담을 넘고 있다

옹이와 라넌큘러스

휴지통을 매달고

차들이 빠져나간 공터에는 싸한 땅기운이 달라붙고
빗자루를 손에 든 남자가 빈터 주위를 돌며 흩어진 양심들을
쓸어 모은다 하얀 옷을 입은 여자도 그 곁에 멈춘다
등에는 띠를 매달고
그가 쓸면 여인은 그 옆으로 가 찰싹 등을 내준다
언제부터, 서로는 시계추를 닮은 일상으로 손 발을 맞추어
왔음을 엿볼 수 있다
자신보다 몇 곱은 더 큰 휴지통을 매달고 문명을 쫓는 그
들이 스스로의 양심을 버리고 떠나간 자리를 닦고 있다
그가 가면 그녀도 가고
그가 서면 등을 내어주고
둘만이 밀착된 관계에서 멍에를 메 준 건 그도 그녀도 아니다
삶의 써레질을 함께해 온 이라면
그녀가 끌고 있는 통 안의 무게를 간과하지는 못한다
자신이 통을 매다는 것은 누구라도 그 둘의 사이에서
불가촉천민의 기류는 흐르지 않는다 서로가 원하는 합의
하에
이루어진 사랑의 관계임을 알 수 있다

수마 일기

혼을 지닌 미물이라면
머리를 떼어내고
허리를 자른 채
생존할 수 있는 건 아무것도 없지
눈으로 본 빙산에 한 조각
그리고 요란한 북소리만 들었다
오장을 드러내고
마지막 숨을 몰아쉬는 터전에
어디로 발끝을 옮긴들 편할까마는
그날에 일어난 가늠되지 않는 일들을
하나하나 실토하고 있다

앙상한 몰골로 버티다 남은 집터
떠밀리다 잡은 넘어지고 포개진 나무들
다리가 다리를 잡고 초인으로 멈춘 난간,
서로는 살아서 보자, 살아남아야 한다고
지푸라기를 잡고서 밀리고 밀리다 멈춘 물살
단명하고 물에 누워 잠자는 노송들
그 곁을 무심하게 흐르는 흙탕물의 유속이 언덕을 기댄다
존재들의 기억이 산산이 흐르고 있다
부은 강물도 퉁퉁 붉은 채 제 몸을 닦고 있다

　　　　　　　　　　　　옹이와 라넌큘러스

집 한 채

  궁핍으로 말라비틀어진 뼈와 살로 둥근 집을 짓고 사는 우
리는
  연인이 되어
  비가 오는 날도 어김없이 아래위 보폭을 맞추며 찧고 까불며
  가는 집을 공중으로 매달고 호수를 돈다

  네가 아니면 안 될 것 같은 서로는 불이었다가도 심드렁해
지면
  그대로 서로 손을 놓고 마는 그런 사이밖에 안 되는
  화창하게 개는 날이면 버스 뒷좌석을 구르다 떨어지고 마
는 관계쯤으로
  버려두고도, 돌려받지 않아도 바로 잊어버리고 마는 그런
사랑
  어디서 왔는지 행선지를 묻지 않아도 되는 연락이 없어도
안달하지 않을
  자신이 있는 그런 주인 모를 집 한 채
  멀대처럼 내 집으로 굴러들어와
  매화 통에 꽂혀 목만 한없이 길어진 우산 하나

도르래

헛간에서 굴러다니다 찔레꽃 길을 따라 나선 도르래
운명의 손을 잡고 나온 그날들이 지나가는 하루

　동산 높이로 올라간 볏단을 실고 달구지가 거북이걸음으
로 능선을 오른다
　좌우로 짐이 흔들릴 때마다 동산도 따라 흔들린다
　가야 할 길은 먼데 짐은 풀리고 고갯길이 막아서니
　도르래는 짐을 누른다
　탑처럼 높았던 볏단이 낮게 내려앉고
　그때마다 생도 따라 높았다가 낮아진다
　켜켜이 올라앉은 볏짐들이 도르래를 돌릴 때마다 고루 균
형을 잡아 간다
　사는 것도 짐으로 도르래에 눌리고 눌리다가
　다시 일어나는 나날로
　두레박을 내려 밑바닥에 남은 물까지 퍼 올리는 독기를
　가득 품으며 도르래에 끼어 있는 삶을 긁어 올리고 있다
　도르래 따라 물도 줄었다가 차 오른다

안대를 끼고

동굴 안에서 빛이 사라져 꼼짝 없이 갇히고 말았어

나는 박쥐처럼 날거나 동굴 바위들을 잡으며
석순을 잘라먹고 눈을 뜨고 어둠을 보듬는 것뿐이었지
바위를 잡은 손을 자꾸만 거부했어
신대를 잡은 손처럼 떨어도 누구 하나 들어주지 않았어
빛이 끝내 거부할까 봐 동굴에 핀 곰팡이라도 먹어야 했지
군데군데 붙어 있는 박쥐들이 피를 찾고 있는 동안

들락거리는 빛이 어둠을 자르는 순간에 밖으로 나오려
눈에 불을 켜고 조리개를 찾다가 넘실대는 공포에 굴렀으니
꼬부랑 고개를 세 번이나 구른 것이라 생각했어
어둠에 갇힌 공포는 견디는 것보다 뛰어넘는 것이라고
한 치 앞을 모르고 덤벙대는 날을 살았어
어둠은 동굴에만 사는 것이 아니었어

그림자

구부러지는 몸을 밟아 눌러도 치받아 떠오르는 줄만
알았던 그림자가 납작 엎드린 채 끈덕지게도 따라 붙는다
찍어 내고 싶은 그런 사랑이
발밑에 붙어 있는 그림자로 높이가 자라고 나무로도 자라
더라
식어가는 불덩이를 만나면 등에 엎어져
밟을 때마다 한 뼘씩 길어지고 때로는
부드러운 솜방망이로 툭툭 치고도 가더라
이제는 제발, 안녕하자고 스토커야
온종일 내 뒤를 따라다녔다는 것을 나도 알아
네 등 뒤에 서 보고야 누군가 나를 지켜보고 있다는 사실을
더 도톰하게 커져버린 다리와 휘젓는 양손의 속도가
그걸 말해주고 있잖니

옹이와 라넌큘러스

제 **6** 부

덕
질

늦은 안부

잿빛으로 꽉 눌러놓은 하늘이 떨고 있다
어디부터 터져 버렸는지 창가에 눈이 앉아
밖의 세상은 멀어진다
긴 꼬리를 달고 포개지는 하늘이 우려내는
하얀 소리는 창틀에 포개지며 안부를 묻고 있다
나, 떠나와 삼 개월을 보내는 동안
멈춰 있는 것들의 사이를 헤집고
이미 떠나온 것들이 채취를 묻혀준다
둥지를 틀었다 날아간 새가 되어
한 점으로 내려앉은 눈처럼
감추듯 녹고 마는 뒷산의 물처럼
쉬잇 떨면서 첫눈이 포개진다
거처를 옮긴다는 것이
마음을 옮긴다는 것이
몸만 왔을 뿐 그들의 분신은 가져오지 못했나 보다

응이와 라넌큘러스

냄새에도 색깔이 있다

브라질 리우데자네이루에서는 금속성 같은 갈탄빛의 냄새
를 맡았다
　인도에서는 노란 카레 향기를 온몸에 바르고 다녔고
　대만에서는 오색 경단빛의 후추와 고추 냄새에 마음을 빼
앗겼다
　에티오피아 수도 아디스아바바 재래시장에 내렸을 때는 떫
은 땡감이 반쯤은 익어가는 커피 맛을 느꼈다
　과테말라에서는 진한 화산재의 숯이 타는 냄새로 잿빛을
느끼며 나무 타던 고향을 떠올려야 했다

　나라마다 방출하는 향들이 있어서

　그래도 의뜸은 흙냄새 였다
　흙냄새는 상처받지 않은 입질이다
　우리가 자박자박 걸어야 하는 발걸음이다
　문명이 지나가지 않은 길에는 언제나 흙먼지가 날렸다
　차가 지날 때마다 긴 꼬리를 문 흙먼지를 원초적 힘으로
눌러주었다

　오늘도 옮겨 다니면서 전철을 갈아타 보지만
　몸 전체로 스민 하양의 마늘 냄새는 객실 안을 헤집는다

칸마다 황토를 칠하고 참나무로 태운 재를 담아 시렁에 얹는다면 아마도 그건 쑥빛 냄새가 날 거다

옹이와 라넌큘러스

텔레파시

할 말을 쓰려는 순간,
하려던 말들이 문자로 오롯이 쏟아진
내 안을 들키고 만
고것
본 것처럼 그림을 그릴 수 있으므로

바다 건너 만 리쯤 떠나와 떠돌다
허공에 대고 너를 부르는 파장도
막힘없이 그곳으로 찾아가므로

떨어져 있어도 내 전신 어딘가
몸에 밴 향처럼 맡을 수 있으므로

눈빛과 몸짓으로 걸어놓은 고리처럼
자유로울 수 있게 서로를 묶고
사라질 때
맞잡아 줄 손이므로

우리, 서로를 묶고 있으므로

악마의 목구멍

키 낮은 첼로 소리가 흐르는 우듬지에 물 뿌리가 자라나 야성의 입을 만들었다 직벽이 포말을 통째로 삼키는 엽기를 본다 바위를 도끼로 찍어냈다 물기둥이 일어나 하늘로 승천한다 바위가 신음하며 말굽처럼 입을 벌린다 악마가 목구멍으로 쓸어 담는 천 톤의 물 "얼른 떠나라 그렇지 않으면 네 영혼을 거두겠다" 나는 줄행랑 치려다 다리가 꺾였다

폭포가 물기둥을 세우고 물을 하늘로 쏘아 올린다 악마가 입으로 쓸어 담는 포말이 양식이라면,

이백칠십사 개의 입을 모아 낙차하는 주술이 악마를 달랜다 목구멍으로 퍼 담는 큰 물이 모래라면 불모의 사막으로 물꼬를 틀어도 좋으련만, 입만을 벌리고 엽기를 보고 있는 지척의 배반이 비현실 같은 실화다 폭포가 속내를 만 갈래로 풀어낸다 흩어지는 각각의 물줄기마다 한 보따리씩의 사연을 들고 박무 속으로 사라진다

일곱 빛깔 커튼으로 악마 입을 가린다

옹이와 라넌큘러스

횡단열차에서

민둥산들이 쇳덩이에 부딪고 달아나는 한 평의 공간에 갇
히어
비듬처럼 달라붙은 표피를 걷어내고 자작의 속살을 맛보며
몸이 짓무르는 들판에서 나무 한 그루를 마음 밭에 심어본다

바람을 맞고 유형을 견디어 낸 벌판의 영혼 하나를 마주하며
열차에서만 할 수 있는 극도로 제한된 하얀 시트를 적시지
않는 집착과
한 평을 고수하며 몇 날을 견디고 그 공기를 섞으면서도
서로에게 닿지 않기를 바라며 시베리아 횡단을 견디어도
좋은,

익숙한 애인처럼 그는 그만의 현재로 사라지고 내게는 당
겨 써도 좋을 하루를 배당받는다

길게 몸뚱이를 틀면서 굴속을 빠져나온 아나콘다의 몸에
서는 짐이 쏟아진다
언 짐들을 얼어붙은 손들이 끌어내리고 동아줄처럼 꼬아
진 레일 위를
열차의 근육들이 풀면서 길을 낸다

철이 아니면 무엇도 가벼울 수 없는 저 오만한 몸뚱이

입에 넣은 것이라고는 고작, 물이다 잠깐을 쉬어야 하는 역
에서 가스총으로 온몸을 흠씬 두들겨 맞고도
쇳덩이를 달아야 하는 저 비애를
백사들이 우글거리고 마지막 점으로 만나는 어딘가에는
슬픈 디아스포라의 뒷모습을 볼 수 있을 게다

들판을 가르는 광속이 노란 건초 더미 풀씨를 덮는 눈발을
삼킬 때
목말을 탄 사람들은 저마다 오수의 다리를 지나고 있다 밖
에는
한 평 소유의 땅에도 삶이 살아나고 한 줌 햇볕에도 씨는
땅을 뚫고 나온다
나도 한 평, 본능에 갇히어 젖은 타성을 뒤집고 슬픈 영혼
들을 불러본다

아나콘다들이 싸울 자세로 마주보고 달려오다 서로는 불
똥만을 튀기며 지나친다
50량을 몸에 달고도 입에서 쇳내가 나도록 달리는 열차

옹이와 라넌큘러스

지독한 중독

발정을 일으킨 누렁이가 목줄을 풀어놓고 제 집을 나가버
리고
　머리를 잘라 집 안으로 들어앉힌 봉순이도 문을 차고 달아
났다

　마음을 도둑맞은 채 꾐에 빠지는 이들이 알고 중독의 마술에
　걸려본 이들이 아는 저곳과 이곳의 차이

　낮밤이 바뀌어 귀에서는 앵앵거리며 하얗게 밤이 새나가는
소리
　난기류에 출렁거리며 구름 파도에 갇히어 생을 부여잡고 초
인의 극점까지
　가보고야 그 공포를 잃어버린 뒤, 그 위에 다시 오르는 지
독한 열사에 이르고 마는 것

　문이 잠기며 마지막 소리음을 내고 다시는 문 앞으로는 아
니 올 것처럼 나갔다가는
　다시 그 앞에 섰을 때, 모든 것에게 줄을 일렬로 세우고 처
음처럼 삶을 바라보는 행위,

　뿌연 하늘이 그가 서 있어야 할 자리임을 잠시 잊어도 좋
은 회피는 무죄로

더 이상의 올라갈 위는 없어서 마치도 대성한 존재가 되어
있는 착각으로 들뜨고

맨으로는 도저히 오를 수 없는 곳에서 배설하고, 섭생도 하
면서 '어린 왕자'도 되어 보고

구멍을 들락거리는 개미가 먹이를 잔뜩 비축해놓는 그 놀
라움을 흉내내보는

그도 여행 잎을 잘근잘근 떼어내 나른다

현관 앞에서 비번을 잊고 빈 번호를 누르다 벼락을 맞는다
"집주인이 비번을 잊다니"

옹이와 라넌큘러스

그라피티

고양이 눈 속의 점 하나와 누군가의 이름들이 엉킨
거리에서 게임들이 꿈틀거리며 걸어옵니다
전람회 그림들이 어찌해야 한다는 법칙도, 방식도 없이
창고와 무너진 공장과 굴다리들을 찾아다닙니다
도시를 캔버스 삼아 그림을 그리는 거리의 아웃사이더
색들이 낡은 벽에서 춤을 추기도 하고요
쇠락한 골목에서 생물들이 스프레이를 뿌려대는 컬러에 샤
워를 마칩니다

벽을 치듯이 뿌리고 종적을 감추어도 좋은 거리의 패션가들,
칠한 곳을 덧칠하며 외줄을 타는
쓰레기통, 공사장 가벽, 가로등에 가린 그림자들이
옷을 입는 시간입니다

"무릇, 예술가는 개성이 있어야 한다고?"
언제나 그 개성은 눈 밖에서 자라고 말지요
천에서도 변신은 온다는데

그늘에서 건져내는 신상들은 삐딱이가 들어 있기도 해서
면면에 드리운 오브제를 가차 없이 낮은 거라 들쑤셔도
커다란 귀로 들어주는 마음을 갖기로 해요
낙서의 의식을 한 눈으로만 보지 않기로 해요

"즐거운 것들의 유입은 시궁창에서도 나온다잖아요"

기술과 예술 차이는 대체 어디쯤인가요
둘이서 지나가는 교차에서 찾기로 해요
예술의 시작도 연어처럼 거슬러 올라가보니 살롱이네요
오늘도,
소녀는 분리의 장벽에서 풍선을 날리고 있을 겁니다

옹이와 라넌큘러스

커피나무 아래서

가도 가도 눈에 보이는 것은 산과 밭
들쭉날쭉 초지의 언덕에 얼굴을 디밀고 풀을 뜯는 가축들
땅으로 파고들지 않아도 사는 게 고독하지 않아도
나날이 자연의 고립인 것을 어쩌다 허름한 찻집을 만나
바람과 청정에 절인 차를 마시고 몸에 묻혀가도 좋을 향기

커피나무 사이를 걸으며 허기를 채우고
자라목이 될 때쯤 그제야 아지랑이 핀 마을이 보이고
아침에 나간 일손이 집으로 들지 못해
낮 동안 홀로 외로움은 서로를 껴안고 몸을 부비다 깜박
잠이 들고 그대로 밤이 되면 별과 함께 마실 나간다

혼자서도 단단한 그늘이 찾아오지 않는 터에서도
구슬을 서 말씩이나 달고 서 있는 열매의 더운 시름이 고인
고랑을 지나며 밟힌 땅은 그리움이 되어버리고
누군가는 저 나무 아래 오래도록 머물다 갈 것이다

고독한 것들은 더 관능적으로 몸짓을 하기에 먼 거리에서도
서로를 끌어 당기는 힘을 가지고 있다
오늘밤은 마지막 커피와 단판을 져야지

화려하게 일상을 쫓는 한 사람을 위해 한 사람은 손끝이

터지고야

　마실 수 있는 커피 향이 이토록 뜨겁고도 달다

　신은 빨대 꽂은 종이컵의 강력한 선물을 보내주었다

언어에 토씨 하나 빠져나가도

나는
인도 북부에서 '마날리'로 가려는데 '마닐라'라 발음했다
인도 중부의 '바라나시'를 가는데 '바나나시'로 자꾸만 발음
이 샜다

누구라도 거시기를 들먹이면 대충은 유추해 들었고
어머니는 내 이름을 부르려면 '자'부터 시작하여 서넛은 부
르고야
겨우 내 이름을 불러주었다

가로와 세로, 자음과 모음을 초등교 내 헷갈려 했고
몇 번은 '아로니아'를 사려다 '아르마니'라 부른 적도 있어서
늘 지적질 당하곤 했다

아날로그가 밀리고 혁명처럼 카메라가 등장했을 때는
'디에스엘알'을 '지에스엘알'로 자꾸만 헷갈려 핀잔 듣기 빈
번했지만

언어에 토씨를 하나 뺀다 해서 생활이 손톱으로 할퀴는 일
도 없을 터
발음이 좀 새고 순서가 바뀌었다 하여 세상이 거꾸로 돌아
가는 일도 없는데

타자의 눈총이 날아온다

가끔은 쇼윈도에 머리를 찧고 혼자서 난감하고
때로는 회전문에 갇혀 함께 돌던 그런 어지럽던 세상도 무
리 없이 실수를 허용해 주는데

생전에 노모는 견인차를 '코 끄랭이 차'로만 평생을 알고 살
았다
'짜라투스트라'를 '짜라스트라'로 헷갈려 부르다가 머쓱해지는
그런 착한 엉뚱발랄이 잠시 삶을 웃게 해주지 않는가

옹이와 라넌큘러스

벌

국제버스가 알바니아 입국장을 지나 휴게소에 잠시 섰다
지독히도 빨갛고 검은 독수리 두 마리가 창공을 나르며 반
긴다
단순한 화장을 고치고 버스로 돌아오니
열어둔 문으로 한 마리 벌이 탑승해 있다
남은 자리를 지나쳐 하필 내 자리로 찾아든 벌은
그 작은 머리통을 자꾸만 유리창에 부딪는다
머리를 찧으며 발로 긁어 보지만 번번이 미끄러지고 마는
처지
잘못 든 길에서 몸부림치는 건 벌이나 나나
내 길도 늘 험해서 부딪고 미끄러져 쌓이는 딱지들
퍼덕이며 떨고 있는 벌이 내 처지를 닮아서 두 날개를 잡아
밖으로 날리는데 나를 쏘아버린다
천 곱도 넘을 육신이 침 한 방으로 엄지가 욱신거린다
이유 없이 쏘였던 일들이 어디 오늘만인가
너처럼 의심하며 쏘아 대던 일이 오늘뿐인가
낯선 길, 잘못 든 곳에는 벌이 기다리고 있다
때리고 달아난 후, 엄지는 다시 욱신거린다

활활 타는 몸짓

마케도니아 스톤 브리지를 걷다가
얼굴에 뾰루지가 가득 난 소녀들이 다가와
사진을 찍자 한다
생물이 가도 물이 한참은 간 생선쯤 될까 한 즈음에
안겨드는 게 풋풋하여 소녀의 허리를 애인처럼 안으니
와르르 봇물이 터지듯 달려드는 몸짓들

저희끼리 조잘조잘 수군대다 지들끼리의 몸짓으로
굴러가는 돌을 보고도 웃는다는 통통 뛰는 불꽃들이
흉을 보는 건 아니라는 믿음으로 나도 따라 호호호

나는 그들을 흠모하면서
그들은 나를 보내주면서

초록 시간을 지나가는 덜 익은 과일들만큼이나 타는 소녀들
'꽃봉오리'를 돌아보며 제 갈길의 길로 뛰면서 간다

베오그라드행 버스를 타며

왁자한 터미널 버스 앞에서
머리에 서리가 내려앉은 남자와
와인빛이 은은한 머릿결의 여자가
시동이 걸린 버스 앞에서 떨어지지 못하고 서로 껴안고 있다
흔하고도 넘치게 보아온 '이별'이란 생각이 들다가도 예외인
것 만 같아서
눈길이 멈추었을 때는 다시 십여 분이 지나고
마지막 입맞춤을 끝내고도 서로는 얼굴을 포갠 채
한참을 뜨거움에서 빠져나오지 못한다
몇 번을 반복하며 서로는 목을 끌어안고 사랑을 확인한 후
겨우 차에 오른다 그녀와 창밖에서 바라보는 그
눈빛이 저리 빛나고 젖어 있음을 숨기고 싶었는지
그는 자꾸 헛웃음을 치다가 고개 들어 하늘을 쳐다본다
자신에게 들키지 않으려는 몸부림이라는 걸 알아 챈
그녀도 눈가로 홍조가 번진다
훌쩍도 늙어버린 그의 눈빛을
오래전에 잊은 건 슬픈 추억이다
베오그라드행 버스를 타며 어제를 보고 있다

11월에 내리는 비

시월에게 밀리고 겨울에는 미치지 못한 채
눈이어야 하지 왜? 비가 오는 것이지
겨울을 거부하고 싶어 서성이면서 내리는 비
남아 있는 단 한 잎의 빛까지도 가져가려고
차가운 땅이 되려고 재촉하는 십일월에 내리는 비
한 방울 비로도 옷깃을 여미긴 충분하고 바람이 서두러 준
비하는 캄캄한 어둠을 앞에 두고
도나우강 물 위로 차가운 빗물이 흘러가는 십일월의 뒷모
습을 바라본다
사랑의 감정이 식어버린 한낮의 열기도 토라져 냉랭해진 채로

외톨이가 되어 비를 맞고 있다
시월의 축제는 모두 지나가고 추억만을 들고서
누군가를 훌쩍 떠나보내야 하는 석연치 않은 맘 한 자락을
밟고
강물마저도 이제는 돌아보지 않겠다며 흐른다
먼 길을 걸어와 강둑에서 바라보는 도나우 빗물,
십일월의 비도 영원히 내리지는 않을 것이다

낙소스에서 물들이다

날이 샌 아침 섬은 간밤의 소란함은 없었다는 듯이 어제와 다름없다
바다의 파랑신은 미로에 갇혀 그대로 색이 되었다
깊게 파고든 하양 바다가 풀어주지 않아 나도 반나절을 미로에 갇혀 헤집고 다녔다 해매는 건 마찬가지다

돌계단을 자분자분 걸어도 보고 그 속에 앉아도 보고
분가루를 뒤집어 쓴 하얀 그의 손을 보지 않고는
에게해를 보았다 하지 말아야지
대리석 위로 흩어진 동키의 분과
구불거리는 구부러진 담을 돌아야 맞닿은 바다에 감촉하는 길이 열리고
바다가 올라간 교회 돔 위에는 그날부터 지금까지의 일들을 고스란히
종탑에 가두었다
동키 발굽이 내리막의 계단에서 등에 올라앉은 무게에 그만, 발을 휘청인다
아무려면 골목의 미로만큼은 발의 감촉으로 느껴보면서
몸통에 퍼런 물이 들 만큼 바라본 에게해의 바다와 찰랑대는 은빛의 비늘 냄새가 배웅하는
낙소스를 바라보다 섬이라면, 바다라면, 이제는 마침표를 찍어도 된다고

이제는 가야 한다고 그만,

미로 속에 갇히어 버려져야 했던 하양 아리아드네*

신전을 바라보던 노을마저 슬퍼 크게 방파제를 치던 날

대리석 위에 앉아 배웅하던 아리아드네 그녀가 옷깃을 잡는다

그대로 눌러앉아 디오니소스**가 되어 살자한다

---

*   아리아드네: 그리스 그레타 섬의 미노스왕의 딸로 아테네의 왕자 테세우스와
     결혼했다.
** 디오니소스: 테베의 카드모스왕의 딸로 제우스와의 사이에서 태어난 신이다.

어미 새

안개에 빛을 잃은 나무는 해를 마주보지 못하지만
아늑한 풍경에 명상으로 위안하고
넘치는 세상과의 괴리에 숨이 막혀 숨어든 저만치 거리에서
일찍이 어미가 되어 산길에 올랐다.
안개를 헤치고 진흙길을 밟으며

셀 수도 없이 엎어지고 미끄러지기를 날마다 아이를 업고
도 손에는 한 땀의 살점과 홈질한 수백 번의 땀질로 자신을
재봉했을 손 묘기의 작품들을 들었다.
꼬아낸 살을 손에 들고 구름 속을 걷는 여인.
얼굴이 튼 아기는 어미 등에서 손가락을 입에 넣고 오물거
린다.
작아야만 어미와 손을 놓지 않는다는 태교를 아기는 탯줄
로부터 공감했을 터
등에서 제 손을 빨며 허기를 채운다.
대물림을 끊으려 천 번은 이를 갈았을 지독한 칼이 그녀를
기둥으로 만들었다.
너는 어디서 세상을 보고 있니? 비단길에서 아스팔트 위에서
안개 쏟아지는 흙길에서
바다에 부유하는 부표인지를 물어본다.
네가 서 있는 지금을 제대로는 끌고 있는지를 묻고 있다.
세상을 포착하는 너만의 눈으로

외딴 오지의 나무 하나와 이슬 한 방울이

떨어지는 소리를 들으며 노래하는 어미 새의 등을 바라보
면서

지금을 있도록 허락한 사물들과 우연처럼 주어졌다는 현
상들에 대하여

거품을 걷어내야함을 이제는 들을 수 있다.

흐릿한 안개비에서 빠져나올 수 없는 이름들을 불러본다.

옹이와 라넌큘러스

수미산

그곳은 자전과 공전이 돌고 있다
세상에 블랙홀처럼 빨아들이는 빨대를 꽂고
오늘도 그 중심을 따라 자고 먹고를 반복하고 있다
안으로 일어나는 일들을 바깥은 모른다
수미산이 어떻게 거대해지는가를 모르고
우리는 어떻게 비대하다 말라가는지를 모른다
수미산을 한 번이라도 돌려거든 안에서 밖으로
밖에서 안으로 걸어야 한다
우주의 중심을 돌려거든 오체투지로
수미산을 돌아야 할 것이다

숨비

세계의 바다를 잠수해 보려고
힘껏 들이마신 숨을 참았다.
물 길 속을 헤매며 해삼들을 캐 담으며 참아내는 폐부의
힘으로
견디는 온몸의 물질을 숨비로 쏟아내야 하는 외길에서
험한 여정들을 감내하는 소리를 삭이며
한 뼘씩 자라는 어류와 해초를 따박따박 따 담아야 하는
것처럼
그물망으로 이어진 촘촘한 세상의 바다를 담으려
강인하게 달구어진 물질로 숨비의 여정을 밟고 있는지를
할망당에 손을 모으고 쉿덩이를 차고 하늘로 오르는 찰나
에도 물었다.
두 손을 모으는 그런 간절한 숨을 견디며
과거들이 현재를 찾아와 물었을 때,
지금까지 무엇을 하든 질기게 숨비를 해보았는지
빛에 몸을 기대다 허물어지면 다시 물었다.

옹이와 라넌큘러스

시가 보내온 넋두리

시를 쓰는 일이 걷기라면 좋겠다.
산을 오르고, 음악을 듣고, 아침 산책쯤이라면 자신 있을 터인데 시 쓰는 것이
여행이라면 그는 뚝딱 써낼 것이다.
시는 걷기도 음악을 듣고, 여행을 하는 것도 아니어서
사금파리만 캐고 있다.
시시콜콜 시답잖은 시 쓰기에 매달리는 그가 시시해지고
그가 시를 쓴다니 시가 듣다가 넋두리를 늘어놓는다.
시답잖은 시를 쓴다고 풀어헤친 머릿속에서
파편의 조각들을 맞추어도 보고
골 깊은 산중을 헤매다 길을 잃는 실종자가 되기도 하는
모래 속에 잃어버린 반지를 찾아내는 그런 무모한 놀라움인데,
그가 메우는 행들이 그를 보며 웃지 않을까 두려워 가위눌림에 시달리기도 하는
그런, 어쭙잖은 근거들을 뜰채에 걸러본다.
시처럼 말하고, 시처럼 노래하고, 시 같은 세상을 살 수만 있다면
언어 구근을 심어 삶의 껍질들을 벗어내고 본 대로, 느낌대로 끄적여 보는 때로는 외롭고도 외로운 일임을 왜 하는가 묻다가
첩약을 탕기에 달이는 것처럼 젓갈을 담아 곰삭히는 행위

로 그는 한 줄 한 줄

채워 간다. 지독하게 긁적이는 버릇 때문에 시답게 써보기를 오매불망 바라다가

맞지 않는 옷에 몸을 구겨 넣고 도미노 현상으로 쓰러지고 나면

이면지나 아껴야지 하는 마음이 들다가도

제 멋의 착각 때문에, 자기만족이라는 연막의 오기를 부리면서 비집고 나온 활자들과 마주칠 때면 환우처럼 다시 병실의 복도를 걷고 있는 그 참시인은 되지 못해도 비대한 자의식에는 제발, 빠지지 말자고 눌러도 보고, 달래도 보면서

그 많고도 많은 시인들의 세상에 기 눌리는데 고단한 찬탄만을 늘어놓기보다는 시를 쓰는 순간만큼을 시인이 되어 보자고

그만이 좋아하는 행위로도 리듬이나 놓치지 말자고 그의 멋대로 행간과 행간을 나누기도 하고

이유야 무엇이든 곡물들을 던지며 시를 발효시킨다.

옹이와 라넌큘러스

찾고 싶은 흔적의 땅에서

허리 굽혀 바이칼 호수를 입에 대 본다. 물이 심장으로 가는 동안, 터지지 않아서 다행이다. 혈관 곳곳으로 흐른 물은 다시 제자리를 찾을 것이다.

샤머니즘의 발원지 섬 곳곳에는 색깔들로 띠를 묶어 나무나 바위에 칭칭 감아 매달아 놓았다. 저 염원이 이루어지기를 나도 눈감아 본다.

서낭당, 솟대, 장승 지구상에서 가장 지기가 센 땅을 간음하고 있다. 땅으로 밀착된 5월과 바이칼은 아직, 몸을 풀지 않았다. 샤먼 바위에 올라 발아래에 자극이 흐르는 찌릿함을 느껴 본다. 바위이지만 면면을 잡아당기면 철렁어린다. 거대한 바위에는 철에 피는 붉은 꽃이 몸 전체를 덮고 있다. 과학의 기준을 들이대지 않아도 우주를 끌어당기는 강력한 괴력이 이해될 것 같아서

바위에 앉아 기운을 느껴 본다. 바위 조각을 잘라 본다. 바위의 색도 다르다. 암, 봉마다 제멋의 꽃이 피었다. 바위도 꽃을 피운다는 사실을 샤먼 바위에 서 보고야 알았다.

화물열차에 짐짝처럼 실려와 시베리아 벌판에 버려진 이들이 악착같이 살아남아 목조 건물들을 짓고 사슬릭*, 보르시**를 먹었던 허물어져 가는 판잣집, 그 빈티지한 것이 좋아 나는 그 아픔을 더듬기보다는 속없이 자꾸만 사진을 찍어 댄다.

---

* 사슬릭: 러시아의 꼬치 구이.
** 보르시: 러시아의 야채 스프.

그래도 영혼을 품은 바이칼 호수가 우리를, 메마르지 않게 해 주리라 믿고 싶다. 언제나 삶은 비좁고도 문제는 커 보이기만 하던 일들이 한 평짜리 마주한 생활 공간에 갇혀 어디로 눈을 돌려도 자신밖에는 보이지 않는 열차에 갇혀

불안의 명세서처럼 매일 내 앞으로 배달되는 일상의 시간들이 모두 희석되는 느낌으로 폐부를 강타하는 호수의 내음을 맞는다.

들숨에 차고 맑은 하늘을 목구멍으로 넘겨 가슴을 뚫고 싶을 때, 나는 데카브리스트들의 도시, 이르쿠츠크와 바이칼을 생각하며 호수를 꺼내 볼 참이다.

끈질긴 삶의 대명사처럼 특별하게 각인된 땅에서 성스러운 호수로 들어오던 날, 흙길 위에 완고하게 서 있던 표지판만이 안내하는 유목민들이 오가는 바람과 지기의 땅에서 한참을 바라본다.

옹이와 라넌큘러스

새벽을 훔치다

눈뜨니 새벽 5시 40분 창밖을 보니 호수는 어둠을 빠져나
오고 있다. 붉은색과 검은색 하늘 나는 잠바를 걸치고 자석
처럼 밖으로 나갔다.

발이 빠지는 모래톱을 지나 호수에 닿으니 밤을 밝힌 얼음이
투명하게 맞아준다. 하늘도 귓불이 붉어지며 일어나고 있다.

누렁개 한 마리가 달려와 꼬리를 흔든다. 붉어진 하늘이 면
적을 넓힐 때 신이 부른다.

자석이 끌어당기는 통에 분지를 단숨에 올랐다. 바이칼의
새벽 정기를 오롯이 가슴에 품다가 멈칫, 저만큼에서 사내가
언덕을 오르고 있다.

그는 나를 보고 놀라고, 나는 그를 보며 더욱 놀란다. 서로
는 행동을 들키고 그대로 스치듯 지난다. 그가 아니면 한참
을 머물렀을 것인데 방해꾼이다. 아니, 방해꾼은 그가 아닌
나다. 그는 그렇게 자기의 삶을 해 왔을 터이고 나는 새벽에
난데없이 그의 아침을 덮친 불청객으로, 샤먼바위를 찾은 바
람에 그의 새벽을 훼방놓았다.

사내는 세워놓은 솟대 주위를 돌며, 손님들이 던지고 간 동
전을 허리 굽혀 줍고 있다. 누군가는 염원을 안고 기원을 표
시하고, 누군가는 그 염원을 주어 양동이에 담고 있다.

마른 풀잎을 흔드는 바람이 우뚝 서 있는 솟대에 걸린 띠
를 흔든다. 호수를 바라보다 영혼이 닿아 매달린 오색 깃발
들이 따라 흔들린다. 기가 왔다 보다.

나도 반쯤의 혼을 내려놓고 떠난다. 알혼섬에서는 잠만 자
는 일은 없다. 모든 것이 흔들리고 날리는 날들이어서.

이천사 가을

서걱거리는 가을은 추한 얼굴을 자꾸만 손으로 가리려 애쓰
는데
엊그제까지 걸친 옷 부담스럽더니

어느새 떠나려는 서툰 모습
젊은 무대는 무르익어
지난밤엔 서로 머리채라도 잡았나
도로 사방으로 널브러진 흔적들

자리바꿈이 어찌, 낙엽뿐인가

어망에 갇혀 물레 돌듯 제자리걸음이
싫지만은 않았고
깊은 독 안에 들어앉아 독백 섬기며
자신의 이방인이었던 나

삶터를 오가며 주옥같은 알곡들 길 위에 뿌리고
메아리로 가꾸며 눈으로 거두고

옹이와 라넌큘러스

시보다 더 시 닮은 인생들 이웃해 주며
돌아보니 어느새 여기

두 번째 강산은 어김없이 다그치는 얼굴로
이제는 내려가라 내리라 내 등을 떠민다
거칠게 밀려오는 파도 속 항구에 취한 채
머물며 깨지 않기를 바라왔건만

　시가 무엇인지도, 어떻게 쓰는 건지도 모르고 2004년 11월 찬바람이 스산하게 뺨을 때리던 그날, 그때의 감정을 옮긴 것으로 어느 작품보다 애착을 느끼는 첫 작품이다. 가장 온몸으로 치열하게 와 닿는 지금도 눈 뜨면 먼저 내 앞으로 다가오는 글이다.

　이십여 년이 넘는 세월을 네 평 정도의 음반 숍에서 청춘을 보냈다. 직업을 접었던 그 당시의 이 흔적을 참 사랑한다.
　치기가 느껴지는 흔적을 아낀다. 그렇다고 지금, 시가 좋아졌다는 내포는 아니다.

　워크맨에 웃고 MP3에 울던 중장년층의 추억을 소환해 주는 음반 숍이 있었다.
　1980년대 워크맨 등장과 함께 카세트테이프의 유행이 전국을 덮치고 나는 그 곁을 오롯이 지켜보았다.
　카세트 플레이어의 유행은 음악의 생산과 유통에 한 획을 긋는 변화를 가져왔다. 그 질풍노도와 같은 현장에 나는 있

맺음말

었다. 음악이 대중화로 번지는 그 즈음에 네 평 공간에서 감정을 송곳으로 눌러야 했다. 설탕처럼 사각거리며 돌아가는 검은 도넛 같은 판은 낭만을 분사시키며 사람들의 마음을 긁어 주는 방법으로 위안주는 전성기였다.

도심에는 불법 복제와 버젓이 리어카에서 판매해도 눈감아 주는 착한 인심이 시대를 풍미하던 그때는 히트곡이라면 불법품의 일번 자리쯤은 차지해야 하는 정석의 그런 낭만이 있었다.

음악은 자주 듣다 보면 귀에 익숙해지고 공기처럼 마셔야 하는 '중독성'이 있어서 덩치를 키워 간다.

덩치를 키우자 위기는 찾아왔다. 음반이 사양길로 가는 시름을 지켜보는 길목에서 나도 앓았다. 장본인은 MP3의 등장이었다.

손바닥보다 작은 음원에 수천 곡의 음을 담을 수 있는 그 놀라운 편의성은 그동안의 패러다임을 송두리째 비틀어놓았다.

나도 시름시름 앓다가 문을 내렸다.

그렇게 무엇으로도 채울 수 없었던 허했던 마음에 문학이 들어왔다. 시와 말과 글은 마치도 예리한 칼과 같아서 그 칼을 함부로 사용할 수도 없어서 언제나 그 앞에서는 망설임이었다. 글을 쓰는 사람들은 이구동성으로 타인의 상처를 글로 치유한다거나, 상처를 내 것으로 만들어 승화시킨다는데 아직, 나는 그럴 자신이 자라질 않는다.

그런 이유들로 그저,

직시할 뿐이다.

옹이와 라넌큘러스